宋代卷 壹

樂府續集

郭麗 吴相洲 編撰

宋代卷
郊廟歌辭

上海古籍出版社

本書爲
廣州大學引進人才科研啓動經費（百人計劃）資助成果
教育部人文社會科學重點研究基地首都師範大學中國詩歌研究中心「十三五」規劃重大項目成果
教育部人文社會科學研究一般項目成果
北京市社會科學基金一般項目成果
貴州省哲學社會科學規劃國學單列課題青年項目成果
全國高校古委會古籍整理項目成果
北京市教委一般項目成果
首都師範大學二一一建設「數字文獻學」規劃項目成果
首都師範大學燕京青年學者培育對象項目成果

前言

郭茂倩《樂府詩集》者，樂府學集大成之作也。其録樂府，上起陶唐，下迄五代，略無遺佚；其考樂府，祖述經史，兼取子集，邃密精深。南宋以還，治樂府者，唯憑此集。然《樂府》録詩止於五代，趙宋以降，樂府仍設，樂章留存及文士擬作，巨倍於前，續編之事，闃而不聞。使廟堂遺曲，晦光於故紙殘卷；民情婉唱，銷聲于斷簡散編。不惟難睹結蘭紉蕙之美，亦且隱有貝散珠遺之憂。我輩學人，欲治唐後樂府，常有涯涘茫然之困也。近年樂府之學漸興，然耕作畛域，畸輕畸重，漢唐樂府，涉獵者多，宋清樂府，問津者寡。吾儕伏案膏燈之餘，深惜者累年。遂不揣謭陋，且積涓涘，上宗《樂府》經世不刊之成例，下搜宋遼金元雲漫烟浩之文獻，集爲是編，效李康成《玉臺後集》故事，名爲《樂府續集》。

《續集》例宗《樂府》，其事略分三塗：曰搜聚篇什，曰甄辨類屬，曰繹解卷題。夫趙宋立國，頗重禮樂，士林紛起，翕然唱和，版印發新，文墨周沛。遼金及元，皆設禮樂，文士作歌，亦有樂府。是故宋元所聚，遠非漢唐可擬。幸賴近年諸賢集力，全編宋元詩詞，俱大成而刊印，更兼科技革新，典籍巧變數據化，可立時而檢索。篇什羅致，實借重之。然亦非依題檢索，即可成書，蓋樂府題有新舊，舊題易識，新題難辨。當時作者，或以類屬、或以小序，或以題注，明其淵源，而總集編者，常爲刊落。故尚需證之别集，合以文獻，方可定其取捨。《樂府》類有叙論，調有解題，《續集》亦依其程式。茂倩叙論，考來源、流變，述音樂、功用，其考述排列亦精當矣。然後世學人，知音者少，誤解者多，或譏其分類有失，倡言去取；或云其收録不當，另立準的。今欲繼茂倩之業，需先作茂倩解人，故置叙論於各代卷首，述一代樂府之概況，要之仍以郭氏本旨是依，不敢輕逾其軌範。宋代各卷叙論發茂倩之深衷，糾前人之偏見，明取捨之準的，叙之較詳。宋後各卷，叙論則簡。解題有則書之，無則省之，凡自序、他序、自注、他注、時人評點、後人研究，兼收并蓄，蓋討題調之本意，述曲辭之來源、考傳播流衍之迹也。至有文忽意晦，郭氏叙論解題之旨未明者，則更辨枝脈，務得其本。若新樂府一類，近世論者頗多，則需審篇目而證類題，辨辭曲而求準的。他若《挽歌》一題，漢唐所作凡數十首，而郭氏止録十四，未可徑謂其所見不全，而必較各題之微異而求其實。又若近代一類，專指隋唐雜曲，以世近而曰近代。然時遷事異，宋元之於今，已遠非近代矣，故不得强以類名爲意。此數者詳在叙論解題，誠望有識君子留意也。叙論解題用語，頗近文言，非好古標異之求，實不得已也。一則欲存郭氏之韻致，而襯樂府之雅詞；一則懼白話文字新詞頻出，恐千載之後識者無幾矣。

樂府源深流遠，宋元之後，明清篇什愈夥，域外諸國，向風慕化，吟詠亦聞，所存詩篇，汗牛充棟。若欲畢功一役，總爲一編，誠挾泰山而超北海之事也。非再假時日，難成其事也。故先編四代之詩，名之《樂府續集·宋遼金元卷》。嗟夫，力微者不可任重，識小者不可言大！四代長卷，數百萬言，舛誤荒竄，固所難免。誠祈方家，不吝賜教，以裨他日訂正，更趨完善矣。

凡例

一、本書系郭茂倩《樂府詩集》之續編，録宋、遼、金、元樂府詩，各名之曰《樂府續集·宋代卷》《樂府續集·遼代卷》《樂府續集·金代卷》《樂府續集·元代卷》。

二、本書體例仍襲《樂府詩集》，各卷均分十二類。各類有叙論，既張郭氏立類之本旨，亦述其世此類樂府之規摹，以宋代卷居首，故申之稍詳，遼、金、元各卷略之。遼金樂府存詩已少，甚有一類而絶無一篇者，則付之闕如。然其世仍有該類樂府之迹可尋，故仍具叙論，以明其大概。

三、諸題下多有解題，輯詩話、詞話、筆記、别集諸文獻，且稍申愚見。詩話首取《歷代詩話》《歷代詩話續編》《清詩話》《清詩話續編》及各家單行本，次及《宋詩話全編》《遼金元詩話全編》《明詩話全編》。所引皆注版本，凡原文未標點，亦未見今人點校本者，酌加標點。

四、詩題多據原本，有變異者釋明之。原本題佚者，據他本補，他本皆無者，則代擬之。凡擬題皆注明。

五、各題録詩，以作者生年爲序，年不可考者，則依其可考之事迹推定。

六、本書所録詩，據《全宋詩》《全宋詩補編》《全金詩》《全遼金詩》《全元詩》《全宋詞》《全金元詞》諸總集、《宋史·樂志》《遼史·樂志》《金史·樂志》《元史·禮樂志》諸史志，亦及於各代别集、筆記、方志諸文獻。凡所録，皆注出處，以便覆檢。

七、本書所録詩，凡出《四庫》系列之别集、禮書、樂書，而未見今人點校本者，則酌加標點。録自右述文獻，然樂存而詩佚，亦未見今人點校者，僅録原文而不標點。

八、各詩之異文，有見即照録，以存其原貌。

九、《全宋詩》《全元詩》及後人補編誤隸他人名下之詩作，且可確證其誤者，本書收録時是正之，且釋其由。

十、凡跨代詩人樂府，皆歸於前代收録。

十一、本書引文頗衆，隨引隨注出處，故于全書後不附參考書目，亦不附作者、篇名索引。

目録

卷八 宋郊廟歌辭八……一一六

卷九 宋郊廟歌辭九……一三三

卷一〇 宋郊廟歌辭一〇……一五一

卷一一 宋郊廟歌辭一一……一六七

卷五六　宋横吹曲辭四……八七九

梁鼓角横吹曲……八八二

卷五七　宋相和歌辭一……八九四

卷五八　宋相和歌辭二……九〇九

卷六二　宋相和歌辭六……九六九

吟嘆曲……九六九

卷六八 宋相和歌辭一二

卷六九　宋相和歌辭一三……一〇七一

卷七〇　宋相和歌辭一四……………………一〇八八

卷七四　宋相和歌辭一八……一一五三

卷七五　宋相和歌辭一九……一一六八

卷七九　宋清商曲辭四……一二三四

卷八〇　宋清商曲辭五……一二五一

卷八二　宋舞曲歌辭一……………一二七四

卷八三　宋舞曲歌辭二……………一二九一

卷八六 宋琴曲歌辭二……一三三九

卷八七　宋琴曲歌辭三………… 一三五六

卷八八　宋琴曲歌辭四………… 一三七一

卷九一　宋琴曲歌辭七

卷九四　宋琴曲歌辭一〇……一四六九

卷九五　宋雜曲歌辭一……一四八二

卷九六　宋雜曲歌辭二……一四九五

卷九七　宋雜曲歌辭三……一五一二

卷一〇二 宋雜曲歌辭八……一五七五

卷一〇五　宋雜曲歌辭一一……一六二三

晉大寧四年王敦自武昌下屯于湖明年六月敦將舉兵內向明帝微行至于湖陰察其營壘而去唐温庭筠作湖陰曲蓋爲此也後漢王霸之孫改封蕪湖縣吴時此地稱于

卷一一〇 宋雜曲歌辭一六 …… 一七〇九

卷一一四 宋近代曲辭一

卷一一五 宋近代曲辭二

卷一一七　宋近代曲辭四……一八二七

卷一一八　宋近代曲辭五……一八四三

卷一一九　宋近代曲辭六……一八五九

卷一二〇　宋雜歌謡辭一……一八七三

卷一二一　宋雜歌謡辭二……一八八八

卷一一二　宋雜歌謠辭三 …… 一九〇九

卷一一三　宋雜歌謠辭四 …… 一九二五

卷一三四　宋新樂府辭三……二〇九一

卷一三五　宋新樂府辭四……二一〇六

卷一三七　宋新樂府辭六……二一四八

卷一三九　宋新樂府辭八……二一八三

卷一四一　宋新樂府辭一〇

卷一四四　宋新樂府辭一三……二三六八

卷一五五　宋新樂府辭二四……二四五六

卷一五六　宋新樂府辭二五……二四七三

卷一五八　宋新樂府辭二七……二五〇七

卷一五九　宋新樂府辭二八……二五一八

卷一六五　宋新樂府辭三四

樂府續集·金代卷……二六七五

卷一七七　金雜曲歌辭　近代曲辭

樂府續集·元代卷……………………二八五一

卷一九六　元鼓吹曲辭五……三〇五六

卷一九七　元鼓吹曲辭六……三〇七一

卷二〇〇 元横吹曲辭三……三一九

卷二〇一　元横吹曲辭四……三一三三

卷二〇二　元相和歌辭一……三一四四

卷二〇五　元相和歌辭四……………………三一八七

卷二〇六　元相和歌辭五

卷二〇七　元相和歌辭六……三一八

卷二一一　元相和歌辭一〇……三一八一

卷二二〇　元清商曲辭三……三四〇一

卷二二六　元琴曲歌辭一

卷二二七　元琴曲歌辭二……三四九四

卷一二三一　元琴曲歌辭六……三五四八

卷一二三一　元琴曲歌辭七……三五六四

卷二三三 元琴曲歌辭八……三五七九

卷二三四 元琴曲歌辭九……三五九四

卷二三五 元雜曲歌辭一……三六〇九

卷二三七　元雜曲歌辭三……三六三九

卷二三九　元雜曲歌辭五……三六六九

卷二四〇　元雜曲歌辭六

卷二四四　元雜曲歌辭一〇

歲己酉春正月十有一日吾友張君漢臣下世家貧不能葬鄉鄰辦喪事諸君皆有誄章且邀余同賦每一忖思輒神情錯亂秉筆復罷今忽四旬矣欲絶不言無以表其哀因作古意四篇雖比興之不足

卷二四七　元雜曲歌辭一三…………三七八七

卷二四八　元雜曲歌辭一四…………三八〇四

卷二四九 元雜曲歌辭一五……三八二〇

卷二五一 元雜曲歌辭一七……三八五一

卷二五六　元近代曲辭五……三九二八

卷二六二 元近代曲辭一一……四〇二三

卷二六三　元近代曲辭一二 …… 四〇三八

卷二六四　元雜歌謡辭一 …… 四〇五八

卷二六五 元雜歌謡辭二……四〇七二

卷二一六九　元新樂府辭二 ………… 四一三四

卷二七七 元新樂府辭一〇……四二五七

卷二七八 元新樂府辭一一……四二七二

卷二八〇　元新樂府辭一三……四三〇二

卷二八八　元新樂府辭二一

卷二九一　元新樂府辭二四……四四七四

卷二一九八　元新樂府辭三一……四五七八

卷三〇〇 元新樂府辭三三……四六〇九

卷三〇五 元新樂府辭三八……四六八五

卷三〇六 元新樂府辭三九……四六九九

卷三一一　元新樂府辭四四………四七六九

卷三一二　元新樂府辭四五………四七八〇

卷三一六　元新樂府辭四九……四八四〇

卷三一七　元新樂府辭五〇……四八五一

卷三一八　元新樂府辭五一……四八六四

樂府續集·宋代卷

卷一　宋郊廟歌辭一

「郊」者，郊祀也。「廟」者，廟祭也。郊廟者，郊廟祭祀之謂也。《吕氏春秋》曰：「以給郊廟之事，無有所私。」①《禮記》曰：「以共郊廟之服，無有敢惰。」②古之有國者，自謂受命於天，故郊祀以通神人，明受命之正；廟祭以敬祖宗，彰治國之本。三代以下，莫不然之。祀必以樂，樂必有歌。郊廟歌辭者，郊社宗廟祭祀之歌章也。《漢書》已録之，名曰「郊祀歌」，而今之稱始見於《梁書》，其歌録始載于《隋志》。茂倩《樂府》曰：「《周頌·昊天有成命》，郊祀天地之樂歌也；《清廟》，祀太廟之樂歌也；《我將》，祀明堂之樂歌也；《載芟》《良耜》，藉田社稷之樂歌也。」③若夫祀祭流長，《那》《烈》表諸頌之源；至乎禮樂道喪，夫

---

① [戰國] 吕不韋撰，許維遹集釋，梁運華整理《吕氏春秋集釋》卷九，中華書局，2009年版，第197頁。

② [漢] 戴聖撰，[漢] 鄭玄注，[唐] 孔穎達疏《禮記正義》卷一五，[清] 阮元校刻《十三經注疏》，中華書局，1980年版，第1363—1364頁。

③ [宋] 郭茂倩編撰，聶世美、倉陽卿校點《樂府詩集》卷一，上海古籍出版社，1998年版，第1頁。

子識三家之僭。經典載辭，垂範後世。典誥大語，毋庸淺言。此固郊廟歌辭之楷式也。然天命無常，唯德是依。五帝三王，禮樂不襲。功成作樂，表新朝之氣象；治定制禮，示王者之本然。禮新樂異，歌辭亦新。

考趙宋之立國也，其時則一紀喪亂之餘，其人則兩代行伍之後，其俗無舊學之甘盤，其勢染掠殺之遺風。故太祖入廟，詰吾祖豈識此具；建隆郊迎，儀制多因乎唐禮。然其爲國也以憂慎，養士也以衆庶，垂及百年，文明臻於極盛。而于郊廟禮樂，尤所用心。惜臣下多好異之論，君上無擇善之明，「自建隆訖崇寧，凡六改作」，①「而卒無一定不易之論」。②

今擇其大端，略而述之：建隆元年，竇儼請改雅樂名「安」，宋樂始具其名。真宗封禪，因禮事之異，改《禧安》爲《封安》《禪安》《祺安》三曲，另製《瑞安》《靈文》二曲，由是宋樂之名漸廣。景祐依神瞽改律，時人譏其不古；皇祐于秘閣修樂，禮儀被乎明堂。其後配享之制重訂，郊廟之辭再新，《景寧》《乾彰》諸曲，垂響至於南廟。爰及熙寧，禮官復疑降神之樂均聲不齊，至尊遂下重議之詔，諸禮另制。劉几、范鎮，實主其事，有七失之論，十二均圖之

---

① [元] 脱脱《宋史》卷一二六《樂志》，中華書局，1985年版，第2937頁。

② 《宋史》卷一二六《樂志》，第2938頁。

獻。諸儀及樂之器律，因之而重整。降至徽宗，專情制作，蔡京之徒，務爲逢迎。襲夏禹之舊事，以帝指爲律度，新作鼎鼐，另鑄景鐘，名新樂以「大晟」。依樂名而立府，擬職專于太常。名曰播雅正于四海，實則飾太平以溺玩。繼而金兵北來，宗廟南遷，鐘散人亡，亦云可悲。南渡之初，經營多難，宗廟之儀粗備，郊祀之禮不行。紹興元年，始饗明堂，至十三年，方舉郊祀。是時驚魂甫定，國步漸安，務虔恭於祀事，期保境而息民。禮樂遂浸以興，歌辭亦漸以多。孝宗恭儉，務爲簡省，不惟新樂不作，舊樂亦減。理宗以降，國勢式微，禮樂之事，悉遵舊章。其後姜夔作聖宋鐃歌，朱蔡定鐘律樂舞，雖能探古樂之根源，簡約可觀，惜乎國步將移，空垂其文。

兩宋郊廟之祭，其名有三：「天神曰祀，地祇曰祭，宗廟曰饗。」①其禮又有大中小之分。元脱脱《宋史·禮志》曰：「歲之大祀三十：正月上辛祈穀，孟夏雩祀，季秋大享明堂，冬至圜丘祭昊天上帝，正月上辛又祀感生帝，四立及土王日祀五方帝，春分朝日，秋分夕月，東西太一，臘日大蜡祭百神，夏至祭皇地祇，孟冬祭神州地祇，四孟、季冬薦享太廟、后廟，春秋二仲及臘日祭太社、太稷，二仲九宫貴神。中祀九：仲春祭五龍，立春後丑日祀風

---

①《宋史》卷一六三《職官志》，第3851頁。

師，亥日享先農，季春巳日享先蠶，立夏後申日祀雨師，春秋二仲上丁釋奠文宣王、上戊釋奠武成王。小祀九：仲春祀馬祖，仲夏享先牧，仲秋祭馬社，仲冬祭馬步，季夏土王日祀中霤，立秋後辰日祀靈星，秋分享壽星，立冬後亥日祠司中、司命、司人、司禄，孟冬祭司寒。其諸州奉祀，則五郊迎氣日祭嶽、鎮、海、瀆，春秋二仲享先代帝王及周六廟，并如中祀。州縣祭社稷，奠文宣王，祀風雨，并如小祀。凡有大赦，則令諸州祭嶽、瀆、名山、大川在境内者，及歷代帝王、忠臣、烈士載祀典者，仍禁近祠廟咸加祭。有不克定時日者，太卜署預擇一季祠祭之日，謂之『畫日』。凡壇壝、牲器、玉帛、饌具、齋戒之制，皆具《通禮》。後復有高禖、大小酺神之屬，增大祀爲四十二焉。其後，神宗詔改定大祀：太一，東以春，西以秋，中以夏冬；增大蜡爲四，東西蜡主日配月；太廟月祭朔。而中祀：四望，南北蜡。小祀：以四立祭司命、户、竈、中霤、門、厲、行，以藏冰、出冰祭司寒，及月薦新太廟。歲通舊祀凡九十二，惟五享后廟焉。政和中，定《五禮新儀》，以熒惑、陽德觀、帝鼐、坊州朝獻聖祖、應天府祀大火爲大祀；雷神、歷代帝王、寶鼎、牡鼎、蒼鼎、岡鼎、彤鼎、阜鼎、晶鼎、魁鼎、會應廟、慶成軍祭后土爲中祀；山林川澤之屬，州縣祭社稷、祀風伯雨師雷神爲小祀。」①

①《宋史》卷九八《禮志》，第2425—2426頁。

立國之初，其禮稍簡，後繼之帝，多有增益。不惟名目漸多，儀制亦繁，禮儀升降周旋，記述之書亦夥，《宋史・藝文志》録其名曰：鄭居中、白時中、慕容彥逢、强淵明等《政和五禮新儀》二百四十卷，杜衍《四時祭享儀》一卷，劉温叟《開寶通禮》二百卷，盧多遜《開寶通禮儀纂》一百卷，賈昌朝《太常新禮》四十卷，沿情子《新禮》一卷，丁謂、李宗諤等《大中祥符封禪記》五十卷，丁謂等《大中祥符祀汾陰記》五十卷，宋綬《天聖鹵簿記》十卷，文彥博、高若訥《大饗明堂記》二十卷，文彥博《大饗明堂記要》二卷，歐陽修《太常因革禮》一百卷，王安石《南郊式》一百十卷，《國朝祀典》一卷（不知作者），陳襄《郊廟奉祀禮文》三十卷，范寅賓《五祀新儀撮要》十五卷，《中興禮書》二卷（淳熙中，禮部、太常寺編），《歷代明堂事迹》一卷，《祀祭儀式》一卷，齊慶胄《淳熙編類祭祀儀式》一卷，張叔椿《五禮新儀》十五卷，吴仁傑《郊祀贄説》二卷，王皡《禮閣新編》六十三卷，黄廉《大禮式》二十卷，龐元英《五禮新編》五十卷，歐陽修《太常禮院祀儀》二十四卷，和峴《禮神志》十卷，孫奭《大宋崇祀録》二十卷，賈昌朝《慶曆祀儀》六十三卷，王涇（一作「浮」）《祠儀》一卷，陳繹《南郊附式條貫》一卷，向宗儒《南郊式》十卷，陳暘《北郊祀典》三十卷，宋郊《明堂通儀》二卷，《明堂祫饗大禮令式》三百九十三卷（元豐間）。

詳審兩宋郊廟之樂，必也依乎其禮。厥初唯用登歌，後遂廣以祥瑞。垂久則繁，亦隨時勢。載樂之書，見在《藝文志》：仁宗《明堂新曲譜》一卷、《審樂要記》二卷，徽宗《黄鐘徵角調》二卷，沈括《樂論》一卷、《樂器圖》一卷、《三樂譜》一卷、《樂律》一卷，馮元、宋祁《景祐廣樂記》八十一卷，宋祁《大樂圖》一卷，聶冠卿《景祐大樂圖》二十卷，范鎮《新定樂法》一卷，李宗諤《樂纂》一卷，胡瑗《景祐樂府奏議》一卷、《皇祐樂府奏議》一卷，阮逸《皇祐新樂圖記》三卷，陳暘《樂書》二百卷，吴良輔《樂書》五卷、《樂記》三十六卷，楊傑《元豐新修大樂記》五卷，劉昺《大晟樂書》二十卷、《樂論》八卷、《政和頒降樂曲樂章節次》一卷、《政和大晟樂府雅樂圖》一卷，李南玉《古今大樂指掌》三卷，滕康叔《韶武遺音》一卷，令狐揆《樂要》三卷，吴仁傑《樂舞新書》二卷，蔡元定《律吕新書》二卷，李如篪《樂書》一卷。趙德先《樂書》三十卷、《大樂署》三卷，亦有記郊廟樂者。另《宋史・樂志》《宋會要輯稿》亦詳録樂器，自歌色至於麾幡，大禮三十四樂色，各具其名，雖不能存聲圖形，然場景規模，似可見於紙上。

原夫歌辭之制，亦準郊廟禮樂。祭享禮樂各别，所製歌辭亦異。今可見者，多載《樂志》《會要》，其名目頗應儀制。《樂志》謂各有成憲，不相混雜。《會要》稱名制有常，未可輒易。今審其立題之制，或以「安」爲名，十二「安」爲一系，各應禮儀一節。若「祭天爲《高安》，祭地爲《静安》，宗廟爲《理安》，天地、宗廟登歌爲《嘉安》……郊廟俎豆入爲《豐安》，祭享、酌獻、飲福、受胙爲《禧安》，祭文宣王、武成王同用《永安》，籍田、先農用《静安》」。① 或自立題名，盛美乃祖功烈，功烈異則名異，新廟必新歌辭。若「(至和)四年九月，御製祫享樂舞名：僖祖奏《大基》，順祖奏《大祚》，翼祖奏《大熙》，宣祖奏《大光》，太祖奏《大統》，太宗奏《大昌》，真宗奏《大治》……武舞曰《崇功昭德》」。② 紹興年間「僖祖廟用《基命之樂舞》，翼祖廟用《大順之樂舞》，宣祖廟用《天元之樂舞》，太祖廟用《皇武之樂舞》，太宗廟用《大定之樂舞》。真宗、仁宗廟樂舞曰《熙文》、曰《美成》，英宗、神宗廟樂舞曰《治隆》、曰《大明》，哲宗、徽宗、欽宗廟樂舞曰《重光》、曰《承元》、曰《端慶》，皆以無射宫奏之」。③ 觀其歌辭，多述成事，明誦祝禱，體仿雅頌，式多四言，四句八句，縈繞往復，結係數組，迂曼舒緩，旨要平和。

歌辭作者，多帝王親製、臣子膺命。臣下所作，北宋具名者稍多。竇儼、④陶穀、竇

---

① 《宋史》卷一二六《樂志》，第 2939—2940 頁。

② 《宋史》卷一二七《樂志》，第 2970—2971 頁。

③ 《宋史》卷一三〇《樂志》，第 3035 頁。

④ [元] 馬端臨撰，上海師範大學古籍研究所、華東師範大學古籍研究所點校《文獻通考》卷一四三《樂考》，中華書局，2011 年版，第 4324—4330 頁。

儀①、宋白、吕夷簡、宋綬等，皆曾分造樂章，參施群祀。② 他如楊億、晁迥、張禹錫、高若訥、王安石、蘇頌、司馬光等亦有結撰。南宋臣下撰作多署職銜，若「宰執」、「學士院」、「分館職」、「兩省官」、「兩制儒館之士」之類。可考者惟陸游、張耒、朱熹數人爾。

本卷所輯郊廟歌辭，多出《宋史・樂志》《宋會要輯稿》《全宋詩》及《訂補》《輯補》，于宋人别集亦有輯録。題下小序，或爲原注，或是新訂，以明其著作之由及施用儀軌。前代郊廟舊題，宋人或有擬作，置於卷前，以見歌名源出先後也。

日出入行

陸　游

《漢郊祀歌》十九章有《日出入》，爲祭日之詞。清朱嘉徵《樂府廣序》曰：「日出入，郊

① ［清］徐松撰，劉琳等校點《宋會要輯稿・樂三》，册 1，上海古籍出版社，2014 年版，第 374 頁。

② 《宋史》卷一二六《樂志》，第 2955 頁。

之祭日也。」①清朱乾《樂府正義》曰：「祭日詞也。」②《日出入行》當出於此。

吾聞開闔來，白日行長空。扶桑誰曾到，崦嵫不可窮。但見旦旦升天東，但見暮暮入地中。使我倏忽成老翁，鏡裏衰鬢成霜蓬。我願一日一百二十刻，我願一生一千二百歲。四海諸公常在座，緑酒金尊終日醉。高樓錦綉中天開，樂作畫鼓如春雷。勸爾白日無西頽，常行九十萬里胡爲哉。《全宋詩》卷二一六六，册 39，第 24551 頁

同前

林景英

朝出扶桑來，莫入虞淵去。胡不緩馳驅，百歲一朝暮。《全宋詩》卷三六三九，册 69，第 43616 頁

---

① [清] 朱嘉徵《樂府廣序》卷二三，四庫全書存目叢書，集部册 385，齊魯書社，1997 年版，第 782 頁。

② [清] 朱乾《樂府正義》卷一，同朋舍，1980 年版，第 141 頁。

天馬歌

司馬光

按，《樂府詩集・郊廟歌辭》有《天馬》，明馮惟訥《詩紀》作《天馬歌》《西極天馬歌》，劉節《廣文選》又作《蒲稍天馬歌》。後者緣于《史記・樂書》所稱「後伐大宛，得千里馬，馬名蒲梢，次作以爲歌。歌詩曰：『天馬來兮從西極，經萬里兮歸有德。承靈威兮降外國，涉流沙兮四夷服。』」①馬名略異。郭茂倩《樂府詩集》曾據《漢書》之《武帝紀》《禮樂志》《西域傳》《張騫傳》釋天馬本事。唐房玄齡等《晉書・天文志》曰：「騰蛇二十二星，在營室北，天蛇也，主水蟲。王良五星，在奎北，居河中，天子奉車御官也。其四星曰天駟，旁一星曰王良，亦曰天馬。其星動，爲策馬，車騎滿野。」②宋孔平仲《珩璜新論》曰：「武帝之時，作歌者七。元狩元年，行幸雍，祠五時，獲白麟，作《白麟之歌》。元鼎四年，得寶鼎后土祠，馬生

① [漢] 司馬遷撰，[南朝・宋] 裴駰集解，[唐] 司馬貞索隱，[唐] 張守節正義《史記》卷二四，中華書局，1982年版，第1178頁。

② [唐] 房玄齡等《晉書》卷一一，中華書局，1974年版，第296頁。

渥洼水中，作《寶鼎天馬之歌》。……太初四年，貳師將軍廣利斬大宛王首，獲汗血馬來，作《西極天馬之歌》。」①《天馬》之名，或源於此。

大宛汗血古共知，青海龍種骨更奇。網絲舊畫昔嘗見，不意人間今見之。銀鞍玉鐙黃金轡，廣路長鳴增意氣。富平公子韓王孫，求買傾家不知貴。芙蓉高闕北向開，金印紫綬從天來。路人回首無所見，流風瞥過驚浮埃。如何棄置歸皂棧，踠足垂頭困羈絆。精神慘澹筋骨羸，舉目雙睛猶璀璨。伏波馬式今已無，子阿肉腐骨久枯。舉世無人相騏驥，憔悴不與駑駘殊。神兵淬礪精芒在，寶鑒遊塵肯終晦。君今翳刖被鳴鑾，尚能騰踏崑崙外。《全宋詩》卷四九八，册 9，第 6013—6014 頁

同前

張　耒

風霆冥冥日月蔽，帝遣真龍下人世。降精神馬育天駒，足躡奔風動千里。蕭條寄産大宛

① ［宋］孔平仲《珩璜新論》卷四，上海師範大學古籍整理研究所編《全宋筆記》第二編，册 5，大象出版社，2006 年版，第 286 頁。

城，我非爾乘徒爾生。小羌雜種漫羈絏，櫪上秋風時一鳴。萬里名聞漢天子，内府鑄金求騄駬。將軍受詔玉關開，靈旂西指宛王死。天馬出城天駟驚，塞沙颯颯邊風生。執驅校尉再拜馭，護羌使者清途迎。騏驎殿下瞻天表，天質龍姿自相照。翠蕤黄屋兩邐迤，玉鐙金鞍相炫耀。東游封祀被和鑾，甲子北來巡朔邊。展才自覺逢時樂，致遠不知行路難。物生從類如有神，地無遠近終相親。君不見莘野磻溪耕釣叟，一朝吐氣佐明君。《全宋詩》卷一一五六，册20，第13040頁

同前

宋　无

宋鄧光薦《翠寒集序》（至元二十六年三月）曰：「詩惡乎變？《三百篇》後，變乎『携手上河梁』，下迨建安、齊、梁，數變。至唐洎宋季之詩，大變而絶，何邪？詩關乎風化，繫乎氣數。士昔騖于時文，視詩爲長物，雖有不工，工不及唐矣。非詩之變，乃時之變也。吁，詩貴乎變，不守一律。千變萬化，變之不窮，惟子美能當之。豈惟詩，文亦然。宋之詩病，非膠轢淺易，則窒泥狂怪。蒐獵奇事，穿穴異聞，失豐厚而就儉約，趨窘局而棄高遠，不能平澹蕭散，雍容和緩，求如晚唐杜荀鶴、方干輩斯可矣。吴逸士宋子虚詩則不然。子虚生景

定間，未弱冠時已廢科舉學，故惟詩是學。大篇如天孫織絹，雲經霧緯，自出機柚；小律則日光虹彩，渾然尺璧，穠麗縝密而不艷，含鬱静婉而不怨。其深於變之也。余客江東，會西溪王公稱其才學茂異，弗就，觀其人淵默似不能言者。其詩超邁而自勁，後得所寄《天馬歌》諸作，乃益嘆服。蓋本于學，涵養有力，不汲汲于成名。其行業皆然，不獨詩然也。」①按，宋无，又作宋旡、宋無，今統一作宋无。下不復注。《全元詩》册一九亦收宋无此詩，元代卷不復録。②

天馬天上龍，駒生天漢間。兩目夾明月，蹄削崑崙山。元氣飲沆瀣，躍步超人寰。天上玉帝老不騎，饑食虎豹曉出關。滅没流彗姿，欻忽紫電顔。黄道三十六萬里，日馳週天去復還。時乎降精渥洼中，龍性變化終難攀。天馬來，瑞何朝。化爲龍，應童謡。騶虞仁獸耻在坰，龍亦絶迹歸赤霄。風沙豈無大宛種，雖有八極安能超。天馬來，雲霧開。天厩騕褭鳴龍媒，龍媒不鳴鳴駑駘。《全宋詩》卷三七二三，册 71，第 44743 頁

① 曾棗莊、劉琳等主編《全宋文》卷八二六〇，上海辭書出版社，2006 年版，册 356，第 413—414 頁。

② 楊鐮主編《全元詩》，中華書局，2013 年版，册 19，第 363 頁。

同前

何麟瑞

按,《全元詩》册六五亦收何麟瑞此詩,元代卷不復録。①

崑崙高哉二千五百餘里,日月相隱避。黄河發源下有渥洼水,大宛群馬飲其湓。天馬下與群馬戲,産駒一日可千里。滴汗化作燕支水,國人縛槁爲人置水際。久與馬習不經意,一朝却被人羇縶。張騫使還報天子,天子不惜金珠與重幣,期以此馬可立致。大宛使人欺漢使,致煩浞野樓蘭七百騎,攻虜其王馬始至。此馬初入天廄時,一十二閑無敢嘶。萬乘臨觀動一笑,盛氣從此無四夷。君王神武不世出,天産神物相追隨。高皇手提三尺劍,蹙秦誅項一指麾。天下馬上得,不聞取馬外國爲。龍如可豢龍亦物,馬果龍種豈受羈。徒令物故過半不補失,輪臺一詔悔已遲。此詩欲學《旅獒》可,光武一牛亦足噓漢火。《全宋詩》卷三七六五,册72,第45408頁

① 《全元詩》册65,第243頁。

天馬歌贈朱廷玉

唐庚

貳師城中天馬駒，眼光掣電汗流朱。將軍出塞萬里餘，得此龍種來執徐。朝踏幽燕暮荆吴，歷塊一蹶傍人呼。向來價重千金壺，一朝不直半束芻，千馬萬馬肥如豬。《全宋詩》卷一三二五，册23，第15036頁

天馬歌書劉漕彌正子淮海秋思詩稿後

劉宰

貳師城空渥洼涸，百年徒費秦川榷。眼明見此玉花驄，畫工如山筆難貌。朔風號，朔雪舞，交河水冰連后土。一聲嘶入玉門關，掣斷陰雲日當午。超八駿，友六龍。天人一笑和鸞雍，駑駘百萬那能從。《全宋詩》卷二八〇九，册53，第33415頁

後天馬歌

何麟瑞

按，《全元詩》册六五亦收何麟瑞此詩，元代卷不復録。「西極龍媒風望退」，風字原缺，據《全元詩》補。①

建元天子不世出，天相神武産異物，有馬出在月氏窟。寶劍之精，乾龍之靈。足如奔電，目如耀星。汗血雨洒，駿肉飆輕。渴吻一飲，黄河塵生。昂首一鳴，天雷收聲。曾爲伏羲出河負八卦，曾隨穆王遠與西母會。鸞旂屬車相後先，龍盾虎韔八寶韉。萬乘親臨拜甘泉，穩馱玉輅壇壝前。兀鼎勒兵十八萬，天子自將孰敢戰。駿氣横出立陣前，百萬聞嘶股俱顫。笑此馬，神哉沛。西極龍媒風望退。天子作歌暢皇明，四夷竭蹷咸來庭。天馬來，帝作歌，漢時此馬今更多。《全宋詩》卷三七六五，册 72，第 45408—45409 頁

---

①《全元詩》册 65，第 244 頁。

卷二　宋郊廟歌辭二

天馬

鮑　輗

天馬抱奇相，緊骨瞳方明。出入百萬中，有如一鳥輕。宇宙莽超踏，風雲慘經營。獨倚雄傑態，蕭蕭隨北征。朝飲南海頭，夕秣乃幽并。失主坐黯淡，別群奮長鳴。豈無輕俠兒，金羈懸朱纓。但感束帛義，不忍負死生。低頭爲君老，喑喑萬里情。《全宋詩》卷三七〇三，册 70，第 44448 頁

天馬行

劉　攽

漢家天馬來宛西，天子愛之藏貳師。甘泉貴人寵第一，昆弟封侯真謂宜。軍書插羽廟選將，一朝百萬皆熊羆。大射盧山亦快意，死人亂麻非所悲。論功廟堂誰與敵，外厩皆是麒麟兒。白茅金印結紫綬，老將流落多瑕疵。天生富貴實有命，寧復憶君貧賤時。勢高累愚計慮遠，大志落落嗟徒爲。渭橋祖道一語泄，身釁邊鼓家流離。《全宋詩》卷六〇五，册 11，第 7154 頁

太廟瑞芝頌并序

王　炎

詩序曰：「聖天子光奉貽謀，嗣守神器，兢業不懈，日親萬幾，間五日一朝于兩宮，蒸蒸翼翼，問安侍膳惟謹。聖孝昭假，天地祐助，祖宗顧歆。乃慶元五年秋八月壬申，玉芝産於太廟太室之西楹。越十日辛巳，有司以聞，詔丞相帥百僚縱觀。參考圖諜，是爲上瑞。維時近重明節，鑾輿詣壽康宫，奉香以進。太上燕豫，天顔怡懌。越六日丙戌，朝于壽康宫，款侍至日中昃，清蹕始還。九月庚寅朔，用家人禮奉玉爵上千萬壽于宫中。孝慈浹洽，佳氣葱鬱，於是公卿大夫及都人士女，外薄海隅，無不歡喜。乃知國有大慶，中外禔福，廟社奠安，休徵之來，符應彰灼如此。臣不肖，秉筆隸太史氏，敬敷叙本末，書之汗青，藏諸金匱石室，以昭示來世，永永無極。又念昔漢甘泉宫九莖效異，唐延英殿三花吐秀，與産於廟楹不可同語。而一時君臣動色相賀，歌而詩之，以自夸詡，載在方册，猶爲美談。今瑞不虚出，慶事鼎來，福禄曼羨，是宜被之管弦，播於樂府，以鋪張無前之宏休。臣職在鉛槧，喑無歌詠附入英莖之奏，則歸美報上，義誠有闕，心甚懼焉。謹拜手稽首獻頌曰：……」

宋紹天命，列聖重光。丕緒舄奕，施于無疆。少海日升，慶元五祀。淵默面南，格于天地。於穆清廟，玉芝呈瑞。蔓蔓其華，麗於丹楹。匪根斯殖，匪葩斯榮。和氣融液，不春而生。其瑞維何，祖宗咸喜。神孫致孝，孺慕無已。有開必先，産祥隤祉。其孝維何，神明可通。問安寢門，四輔翼從。洗爵爲壽，雍雍在宫。莫大之慶，朝野攸同。賚爾高年，曰予錫類。頒爵輔臣，曰汝予助。三宫豈樂，萬姓歌舞。維我高廟，中興集勛。神器所傳，藝祖之孫。重華之斷，壽康之仁。凝神冲漠，不俟倦勤。群黎屬望，天啓元子。四聖揖遜，千古顓美。主鬯匪易，秉心肅莊。以奉重闈，媚於慈皇。崇德尚賢，心膂股肱。盡擯浮僞，慈皇是承。酬酢萬微，未明當依。不蔽不疑，慈皇是以。民附於仁，天鑒厥誠。對越在上，祖宗之靈。貺以瑞物，胙其德馨。昔在紹興，芝嘗再茁。仁皇英皇，二祖之室。曾孫篤之，克肖其德。受是珍符，寵綏四國。曷以祝之，萬壽無極。又曷申之，子孫千億。有德有瑞，隱顯合符。自今以始，史將婁書。皇德日新，勿替厥初。《全宋詩》卷二五五九，册48，第29687—29688頁

房中樂

宋　无

按，《全元詩》册一九亦收宋无此詩，元代卷不復録。

聖人作樂制房中，情性皆繇不節凶。後世有君迷更甚，却和樂器葬深宫。陳新等編《全宋詩訂補》，册71，大象出版社2005年版，第657頁

郊祀樂章

崔敦詩

宋王堯臣《國朝祠祀樂宜名大安議》（皇祐三年七月）曰：「案太常天地、宗廟、四時祠祀樂章，凡八十九曲。自《景安》而下，七十五章，率以『安』名曲。豈特本道德、政教、嘉靖之義，亦緣神靈、祖考安樂之故。臣等謹上議，國朝樂宜名《大安》。」①

登門肆赦皇帝升御座宫架奏黄鍾宫《乾安》之曲

大禮備矣，鑾車闐闐。帝來維何，賚及幅員。有聲伊肅，有容伊虔。彼雉斯開，帝坐中天。

① 《全宋文》卷五九六，册28，第208頁。

皇帝降御座宫架奏黄鍾宫《乾安》之曲

帝坐中天，流澤演迤。厥蒙伊民，歌舞以喜。澤流普矣，民喜偕矣。駕言徂歸，福禄同矣。

太祖皇帝位酌獻登歌作大吕宫《彰安》之曲

一德開基，百年垂統。中天禘郊，薄海朝貢。寶龜相承，器鼎加重。澤深慶綿，帝復命宋。

皇帝入小次宫架奏黄鍾宫《儀安》之曲

匏尊既舉，蘇席未移。有德斯顧，靡神不娭。物情肅穆，天宇清夷。宅中受命，永復邦基。

亞獻宫架奏黄鍾宫《穆安》之樂《威功睿德》之舞

四阿有嚴，神既戾止。備物雖儀，潔誠惟己。有來振振，相我熙事。載酌陶匏，以成毖祀。

送神宫架奏圜鍾宫《誠安》之曲一成

奕奕宗祀，煌煌禮文。高靈下墮，精意升聞。熙事既畢，忽乘青雲。敢拜明況，永清世氛。

皇帝還大次宮架奏黄鍾宫《憩安》之曲

應天以實，已事而竣。氈案朝帝，竹宫拜神。靈光下燭，協氣斯陳。神禄時萬，基圖日新。

《全宋詩》卷二五六九，册48，第29834—29835頁

建隆郊祀八首曲

清徐松《宋會要輯稿·樂一》注曰：「建隆元年竇儼撰，八曲。」①

降神，《高安》

在國南方，時維就陽。以祈帝祉，式致民康。豆籩鼎俎，金石絲簧。禮行樂奏，皇祚無疆。

① 《宋會要輯稿》，册1，第429頁。

皇帝升降，《隆安》

步武舒遲，升壇肅祇。其容允若，于禮攸宜。

奠玉幣，《嘉安》

嘉玉制幣，以通神明。神不享物，享于克誠。

奉俎，《豐安》

笙鏞備樂，繭栗陳牲。乃迎芳俎，以薦高明。

酌獻，《禧安》

丹雲之爵，金龍之杓。挹於尊罍，是曰清酌。

飲福，《禧安》

潔茲五齊，酌彼六尊。致誠斯至，率禮彌敦。以介景福，永隆後昆。重熙累洽，帝道攸尊。

亞獻、終獻，《正安》

謂天蓋高，其聽孔卑。聞樂歆德，介以福禧。

送神，《高安》

倏兮而來，忽兮而回。雲馭杳邈，天門洞開。《宋史》卷一三二《樂志》，第3067—3068頁

建隆御樓三首

按，建隆御樓樂曲乾德間仍用。元脱脱《宋史·樂志》曰：「（乾德）六年……峴復言：『按《開元禮》，郊祀，車駕還宫入嘉德門，奏《采茨》之樂；入太極門，奏《太和》之樂。今郊祀禮畢，登樓肆赦，然後還宫，宫縣但用《隆安》，不用《采茨》。其《隆安》樂章本是御殿之辭，伏詳《禮》意，《隆安》之樂自内而出，《采茨之樂》自外而入，若不并用，有失舊典。今太樂署丞王光裕誦得唐日《采茨曲》，望依月律别撰其辭，每郊祀畢車駕初入，奏之。御樓禮

畢還宮，即奏《隆安之樂》。』并從之。」①

南郊回仗，駕至樓前，《采茨》

高烟升太一，明祀達乾坤。天仗回嶢闕，皇輿入應門。簪裳如霧集，車騎若雲屯。兆庶皆翹首，巍巍萬乘尊。

升坐，《隆安》

禋祀畢圜丘，嘉辰慶澤流。天儀臨觀魏，盛禮藹風猷。洋溢歡聲動，氛氳瑞氣浮。上穹垂眷佑，邦國擁鴻休。

降坐，《隆安》

華纓就列，左衽來王。帝儀炳焕，大樂鏗鏘。禮成嶢闕，言旋未央。一人有慶，萬壽無疆。

① 《宋史》卷一二六，第 2942 頁。

《宋史》卷一三八《樂志》，第3256—3257頁

咸平親郊八首

清徐松《宋會要輯稿·樂六》注曰：「咸平五年諸臣撰，八曲，曲名同建隆元年。」①自皇帝升降至飲福五首，亦見楊億《武夷新集》卷五。

降神，《高安》

圜丘何方？在國之陽。禮神合祭，運啓無疆。祖考來格，籩豆成行。其儀肅肅，降福穰穰。

皇帝升降，《隆安》

禮備樂成，乾健天行。帝容有穆，佩玉鏘鳴。

① 《宋會要輯稿》，册1，第429頁。

奠玉幣，《嘉安》

定位毖祀，告於神明。嘉玉量幣，享于克誠。

奉俎，《豐安》

有牲斯純，有俎斯陳。進于上帝，昭報深仁。

酌獻，《禧安》

大報于帝，盛德升聞。醴齊良潔，粢盛苾芬。

飲福，《禧安》

祀帝圜丘，九州獻力。禮行于郊，百神受職。靈祇格思，享我明德。天鑒孔章，玄祉昭錫。

亞獻、終獻，《正安》

羽籥云罷，干戚載揚。接神有恪，錫羡無疆。

送神,《高安》

神駕來思,風舉雲飛。神馭歸止,天空露晞。《宋史》卷一三二《樂志》,第3068—3069頁

咸平御樓四首

按,此四首亦見楊億《武夷新集》卷五。

《采茨》

禮成于郊,迎日之至。時乘六龍,天旋象魏。端門九重,虎賁萬騎。四夷來王,群后輯瑞。

索扇,《隆安》

應門有翼,羽衛斯陳。山龍衮冕,律度聲身。峨峨奉璋,肅肅九賓。清明在躬,志氣如神。

升坐，《隆安》

圜丘類上帝，六變降天神。禋燔禮云畢，仗衛肅以陳。天顔瞻咫尺，王澤熙陽春。玉帛臻禹會，動植沾堯仁。

降坐，《隆安》

肆眚云畢，淳熙溥將。雷雨麗澤，雲物效祥。禮容濟濟，天威皇皇。大賚四海，富壽無疆。

《宋史》卷一三八《樂志》，第3257頁

咸平籍田回仗御樓二首

《采茨》

農皇既祀，禮畢躬耕。商輅旋軫，周頌騰聲。觀魏將陟，服御爰更。輿人瞻仰，如日之明。

升坐，《隆安》

應門斯御，雉扇爰開。人瞻日月，澤動雲雷。同風三代，均禧九垓。歡心允洽，時詠康哉。

《宋史》卷一三八《樂志》，第3257—3258頁

乾興御樓二首

升坐，《隆安》

夾鐘紀月，初吉在辰。眚災流慶，布德推仁。采章震耀，典禮具陳。茂昭丕貺，永庇斯民。

降坐，《隆安》

皇衢赫敞，黼坐穹崇。華纓在列，嚴令發中。王制鉅麗，寶瑞豐融。均禧綿寓，萬壽無窮。

《宋史》卷一三八《樂志》，第3258頁

景祐親郊三聖并侑二首

元脱脱《宋史·樂志》曰："于時制詔有司，以太祖、太宗、真宗三聖并侑，乃以黄鍾之宫作《廣安之曲》以奠幣、《彰安之曲》以酌獻。"①

奠幣，《廣安》

千齡啓運，三后在天。嘉壇并侑，億萬斯年。

酌獻，《彰安》

皇基締構，帝系靈長。躬薦鬱鬯，子孫保昌。《宋史》卷一三二《樂志》，第3069頁

① 《宋史》卷一二六，第2954頁。

景祐常祀二首

元脱脱《宋史·樂志》曰：「常祀：至日祀圜丘，太祖配，以黄鍾之宫作《定安》以奠幣、《英安》以酌獻。」①清徐松《宋會要輯稿·樂六》注曰：「仁宗御製，二曲。」②

太祖配位奠幣，《定安》

翕受駿命，震疊群方。侑祀上帝，德厚流光。

酌獻，《英安》

誕受靈符，肇基丕業。配享潔尊，永隆萬葉。《宋史》卷一三二《樂志》，第3069頁

① 《宋史》卷一二六，第2954頁。
② 《宋會要輯稿》，册1，第432頁。

元符親郊五首

題注曰：「余同咸平，凡闕者皆用舊詞。」元脫脫《宋史·樂志》曰：「（仁宗景祐元年）帝乃親製樂曲，以夾鍾之宫、黄鍾之角、太簇之徵、姑洗之羽，作《景安之曲》，以祀昊天。更以《高安》祀五帝、日月……皇帝入出作《乾安》，罷舊《隆安之曲》。」①按，《正安》亦見楊億《武夷新集》卷五《太常樂章三十首》。

降神，《景安》六變辭同

無爲靡遠，深厚廣圻。祭神恭在，弁冕衮衣。粢盛豐美，明德馨輝。以祥以佑，非眇專祈。

① 《宋史》卷一二六，第2954頁。

升降，《乾安》罍洗、飲福并奏

神靈擁衛，景從雲隨。玉色温粹，天步舒遲。周旋陟降，皇心肅祗。千靈是保，百福攸宜。

退文舞、迎武舞，《正安》

左手執籥，右手秉翟。進旅退旅，萬舞有奕。

徹豆，《熙安》

陟彼郊丘，大祀是承。其豆孔庶，其香始升。上帝時歆，以我齊明。卒事而徹，福禄來成。

送神，《景安》

馨遺八尊，器空二簋。至祝至虔，穹祇睨祉。《宋史》卷一三二《樂志》，第3069—3070頁

政和親郊三首

《全宋詩》題注曰：「《大寧》不詳。按《宋史·樂志一》有『順祖惠元皇帝室奏《大寧之舞》』之説，系舞曲名，非用爲配祀。另仁宗景祐元年有『以林鍾之宫、太簇之角，姑洗之徵、南吕之羽作《寧安之曲》，以祭地及太社、太稷，罷舊《靖（當作静）安之曲》』之説，亦非用于配享。」①

皇帝升降，《乾安》

因山爲高，爰陟其首。玉趾躩如，在帝左右。帝謂我王，予懷仁厚。眷言顧之，永綏九有。

① 傅璇琮等主編《全宋詩》卷三七二七，册71，北京大學出版社，1998年版，第44843頁。

配位酌獻，《大寧》

於穆文祖，妙道九德。默契靈心，肇基王迹。啓佑後人，垂裕罔極。合食昭薦，孝思維則。

於皇順祖，積德累祥。發源深厚，不耀其光。基天明命，厥厚克昌。是孝是享，申錫無疆。

《宋史》卷一三二《樂志》，第3070頁

祀昊天上帝

元脱脱《宋史·樂志》曰：「高宗建炎初，國步尚艱，乃詔有司，天帝、地祇及他大祀，先以時舉。太常寺奏，近已增募樂工，干、羽、簨、虡亦備，始循舊禮，用登歌樂舞。其祀昊天上帝。」①

① 《宋史》卷一三二，第3070頁。

降神，《景安》

圜鍾爲宫，三奏。

蒐講上儀，式修毖祀。日吉辰良，禮成樂備。風馭雲旗，聿來歆止。嘉我馨德，介兹繁祉。

黄鍾爲角，一奏。

我將我享，涓選休成。執事有恪，惟寅惟清。樂既六變，肅雍和鳴。高高在上，庶幾是聽。

太簇爲徵，一奏。

禮崇禋祀，備物薦誠。昭格穹昊，明德惟馨。風馬雲車，肸蠁居歆。申錫無疆，賚我思成。

姑洗爲羽，一奏。

惟天爲大，物始攸資。恭承禋祀，以報以祈。神不可度，日監在兹。有馨明德，庶其格思。

皇帝盥洗，《正安》

靈承上帝，厲意專精。設洗于阼，罍水以清。盥以致潔，感通神明。無遠弗届，其饗兹誠。

升壇，《正安》

皇矣上帝，神格無方。一陽肇復，典祀有常。豆登豐潔，薦德馨香。棐忱居歆，降福穰穰。

上帝位奠玉幣，《嘉安》

治極發聞，不瑕有芬。嘉玉陳幣，神屆欣欣。誠心昭著，欽恭無文。以妥以侑，篤祜何垠。

太祖位奠幣，《定安》

茫茫蒼穹，孰知其紀！精意潛通，雖遠而邇。量幣薦誠，有實斯篚。眷然顧之，永錫繁祉。

皇帝還位，《正安》

典祀有常，昭事上帝。奉以告虔，逮迄奠幣。鐘鼓既設，禮儀既備。神之格思，恭承貺賜。

捧俎，《豐安》

祀事孔明，禮文惟楙。爰潔犧牲，載登俎豆。或肆或將，無聲無臭，精祲潛通，永綏我后。

上帝酌獻，《嘉安》

氣萌黄鐘，萬物資始。欽若高穹，吉蠲時祀。神筴泰元，增授無已。群生熙熙，函蒙繁祉。

太祖位酌獻，《英安》

赫赫翼祖，受命于天。德邁三代，威加八埏。陟配上帝，明禋告虔。流光垂裕，於萬斯年。

文舞退、武舞進，《正安》

大德曰生，陰陽寒暑。樂舞形容，干戚籥羽。一弛一張，退旅進旅。神安樂之，祉錫綿宇。

亞、終獻，《文安》

惟聖普臨，順皇之德。典禮有彝，享祀不忒。籩豆静嘉，降登肹飭。神具醉止，景貺咸集。

徹豆，《肅安》

内心齊誠，外物蠲潔。神來迪嘗，俎豆既徹。燕及群生，靡或夭閼。降福穰穰，時萬時億。

送神，《景安》

於赫上帝，乘龍御天。惟聖克事，明饗斯虔。薦豆云徹，靈猋且旋。載錫休祉，其惟有年。

望燎，《正安》

靈承上帝，精意感通。馨香旁達，粢盛既豐。登降有儀，祀備樂終。神之聽之，福禄來崇。

《宋史》卷一三二《樂志》，第3070—3072頁

祀圜丘

元脱脱《宋史·樂志》曰：「紹興十三年，初舉郊祀，命學士院製宫廟朝獻及圜壇行禮、登門肆赦樂章，凡五十有八。至二十八年，以臣僚有請改定，於是御製樂章十有三，及徽宗元御製仁宗廟樂章一，共十有四篇。餘則分命大臣與兩制儒館之士，一新撰述，并懿節别

廟樂曲，凡七十有四。俱彙見焉。其祀圜丘。」①

皇帝入中壝，《乾安》

帝出於震，巽惟齊明。律曰姑洗，以示潔清。我交于神，蠲意必精。既盥而往，祈鑒斯誠。

降神，《景安》

陽動黃宮，日旋南極。天門蕩蕩，百神受職。爰熙紫壇，熉黃殊色。神哉沛來，蓋親有德。

盥洗，《乾安》

帝顧明德，監于克誠。齊戒滌濯，式示潔清。郊丘合祛，享意必精。既盥而薦，熙事備成。

---

①《宋史》卷一三二，第3072頁。

升壇，《乾安》

帝臨崇壇，媪神其從。稽古合祛，并侑神宗。升階奠玉，誠意感通。貺施鼎來，受福無窮。

昊天上帝位奠玉幣，《嘉安》御製

上穹昊天，日星垂曜。照臨下土，王國是保。維玉與帛，寅恭昭報。永左右之，欽若至道。

皇地祇位奠玉幣，《嘉安》御製

至哉坤厚，隤然止静。柔載動植，資始成性。玉光幣色，璨若其映。式恭禋祀，有邦之慶。

太祖皇帝位奠幣，《廣安》御製

明明翼祖，并侑泰壇。肇造綿宇，王業孔艱。表正封略，上際下蟠。躬以大報，亦止于燔。

太宗皇帝位奠玉幣，《化安》御製

赫赫巍巍，及時純熙。昊天成命，后則受之。登邁邃古，光被聲詩。有幣陟配，孫謀所貽。

降壇，《乾安》

躬展盛儀，天步逡巡。樂備禮交，嘉玉既陳。神方安坐，薦祉紛綸。陟降有容，皇心載勤。

還位，《乾安》

克昭王業，命成昊天。泰畤禋燎，八陛惟圓。肅然威儀，登降周旋。是謂精享，神監吉蠲。

奉俎，《豐安》

至大惟天，云何稱德？展誠致薦，牲用博碩。誠以牲寓，帝由誠格。居歆降祥，時萬時億。

再詣盥洗，《乾安》

帝出於震，巽惟潔齊。神明其德，乃稱禋柴。惟兹吉蠲，昭事聿懷。重盥而祀，敷錫孔皆。

再升壇與初升同，惟易奠玉作奠酌。

昊天上帝位酌獻，《禧安》御製

諣款壇陛，祇祀泰禋。丘圜自然，可格至神。桂尊登酌，嘉薦芳新。靡福菲眇，敷佑下民。

皇地祇位酌獻，《光安》御製

厚德光大，承元之明。兹潛孳吹，升于昭清。冰天桂海，咸資化成。恭酌彝醪，報本惟精。

太祖皇帝位酌獻，《彰安》御製

於赫皇祖，創業立極。肅肅靈命，蕩蕩休德。嘉觴精潔，雅奏金石。丕顯神謨，惟後之則。

太宗皇帝位酌獻，《韶安》御製

丕纘帝宗，復受天命。群陰猶黷，一戎大定。奠鬯斯馨，功歌在詠。佑啓後人，文軌畜正。

還位，《乾安》

肆類上帝，懷柔百神。槀秸既設，珪幣既陳。精誠潛交，已事而竣。佑我億載，基圖日新。

入小次，《乾安》

恭展美報，聿修上儀。禮樂和節，登降適宜。德焉斯親，神靡不娭。海内承福，式固邦基。

文舞退、武舞進，《正安》

泰元尊臨，富媪繁祉。於皇祖宗，既昭格止。奏舞象功，靈其有喜。永言孝思，盡善盡美。

亞獻，《正安》

陽丘其高，神祇并位。既奠厥玉，既奉厥醴。亦有嘉德，克相毖祀。旨酒載爵，以成熙事。

終獻同，止易再酌爲三酌。

出小次位，《乾安》

爰熙紫壇，天地并貺。來燕來寧，畢陳鬱鬯。承神至尊，精意所鄉。告靈饗矣，祉福其暢。

詣飲福位，《乾安》

帝臨崇壇，媪神其從。祖宗并歆，福禄攸同。兵寢刑措，時和歲豐。其膺受之，將施無窮。

降壇同，止易「將」作「以」。

飲福，《禧安》

八音克諧，降神出祇。風馬雲車，陟降在兹。錫我純嘏，我應受之。一人有慶，燕及群黎。

還位，《乾安》

帝出於震，孝奏上儀。燔燎瘞薶，神徠燕娭。肅若舊典，罔或不祇。既右饗之，翕受蕃釐。

徹豆，《熙安》

燎薶既升，焫膋以潔。于豆于登，焄蒿有飶。紫幄煇黄，神其安悦。將以慶成，薄言盍徹。

送神，《景安》

九霄眇邈，神不可求。何以降之？監德之修。三獻備成，神不可留。何以送之？保天之休。

望燎，《乾安》

謂天蓋高，陽噓而生。日月列宿，皆天之神。肆求厥類，與陽俱升。視燎于壇，以終其勤。

望瘞，《乾安》

謂地蓋厚，陰翕而成。社稷群望，皆地之靈。肆求厥類，與陰俱凝。視瘞于坎，以終其勤。

還大次，《乾安》

舞具八佾，樂備六成。大矣孝熙，厲意專精。已事而竣，回軫還衡。我應受之，以莫不增。

還内，《采茨》

五輅鳴鑾，八神警蹕。天官景從，莫不祗栗。祲威盛容，昭哉祖述。祚我無疆，叶氣充溢。

《宋史》卷一三二《樂志》，第3072—3077頁

冬祀圜壇

趙鼎臣

出入大小次，《乾安》之曲黄鐘宫

穆穆皇皇，天子之光。肅肅雝雝，毖祀之容。有夙其興，匪居則寧。彼鏘斯何，玉佩之鳴。

［宋］趙鼎臣《竹隱畸士集》卷一五，景印文淵閣四庫全書，册1124，臺灣商務印書館，1986年版，第232頁

卷四　宋郊廟歌辭四

紹興十三年祀圓壇樂歌二十一首

按，詩題爲筆者所加。

皇帝升壇，登歌作大吕宫《乾安》之曲

因大吉仲爲林壇仲，屹無然仲而夷崇大。其黄圓無自林然夷，以黄象無高夾穹大。無無曰大在夾上仲，有夷感仲必無通夷。陟大降無從林之仲，福無禄仲永夾隆大。

皇帝詣昊天上帝位尊玉幣，登歌作大吕宫《嘉安》之曲

蒼大璧夾禮大天夷，幣夾放仲其無色夷。奉黄以大奠夾之仲，帝位在夾北夷極無。求夾之大以無類夷，遠大無無不林格仲。非夷天仲我夷私無，佑仲于無一夾德大。

皇帝詣皇地祇位奠玉幣，登歌作應鐘宮《嘉安》之曲

至應哉大坤夷元蕤，乃應順大承應天夷。我夾今蕤禮夷之應，玉夾帛大粢夾然仲。父仲天無母天地蕤，子夷在蕤其大前應。并夾祀大顧夾饗蕤，百夷世蕤可夷傳應。

皇帝詣太祖皇帝位奠幣，登歌作大呂宮《廣安》之曲

明大明仲我夾祖仲，克夷配仲彼無天夷。神大武無開林基仲，不（夷）〔夷〕殺仲而無全夷。惟黃此無寬林仁仲，帝黃意大謂夷然無。子夾孫大保無之夷，於無萬大斯夾年大。

皇帝詣太宗皇帝位奠幣，登歌作大呂宮《化安》之曲

太大宗夾繼仲明夾，廣大文無之林聲仲。威夷武仲所無使夷，四夷方無厎夾平大。亦黃克黃配夾天仲，基林命仲有無成夷。二黃后大受夾之仲，維無德仲之夾行太。

皇俎，宮架奏黃鐘宮《豐安》之曲

玉黃帛姑既林陳南，犧南牲姑登太俎黃。匪應牲南博蕤碩林，民南力黃周姑普太。帝太顧姑下林民

南，庶應無南疾太苦黃。欣應然南居蕤歆姑，而林豈姑其太吐黃。

皇帝詣昊天上帝位酌獻，登歌作大吕宫《禧安》之曲

時太邁夾其林邦仲，欽夷哉無肇太祀夾。嘉夾薦大美無芳夷，酒黃多無且夾旨大。丘林澤仲一無祠夷，神黃明無彰夾矣大。侑夷以仲祖無宗夷，咸無報仲本夾始大。

皇帝詣皇地祇位酌獻，登歌作應鐘宫《光安》之曲

天應惟夷下太際夾，地夾乃大上蕤行應。二蕤氣夷感應通夷，物應資夷以大生應。六夾子大輔夾之仲，百夾穀蕤用大成無。爲大此應旨蕤酒夾，以夷薦蕤忱誠（誠）應。（衍一誠字。）

皇帝詣太宗皇帝位酌獻，登歌作大吕宫《彰安》之曲

猗大歟大烈林祖仲，聽無明仲齊夷聖大。德夷合無于夫天大，誕大膺無駿夷命仲。肇黃造大區仲夏夾，撥夷亂仲反無正夷。克大昌無厥林後仲，世夷篤無其夾慶大。

皇帝詣太宗皇帝位酌獻，登歌作大呂宮《韶安》之曲

惟大我仲太夾宗仲，則林友仲其無兄夷。卒黃其大伐仲功夫，以夷至仲迓夷衡無。誕大敷夾文林德仲，偃無武林銷黃兵無。曾大孫無篤林之夷，永夷觀無厥夾成大。

文舞退，武舞進，宮架奏黃鐘宮《正安》之曲

天黃剛姑而南武林，地太成黃（下缺）。於黃皇南祖黃宗姑，克林配姑天南地林。奏大舞姑象林功南，一應張南一大弛黃。

亞獻，《武功》之舞，宮架奏黃鐘宮《正安》之曲終獻同

陽黃丘姑其南高林，神應祇南并大位黃。歌林吟南青太黃黃，嘉應虞南有蕤喜姑。濟太濟姑多南士林，相黃予南毖大祀黃。用太中姑貳林觴南，以南成姑熙大事黃。

皇帝飲福酒，登歌作大呂宮《禧安》之曲

八大音無克林諧仲，降仲神無出夾祇大。風黃馬大雲仲車夷，陟林降仲在大茲夾。錫無我大純無嘏

夷，我大膺無受夾之仲。布夾爲大皇仲澤夷，遠夷及無無夾涯大。

徹豆，登歌作大吕宫《韶安》之曲

薌大栗仲既夷純無，粢無盛仲亦夾潔大。于夷豆無于黄登無，靡林不仲陳無列夷。禮夷已無告大成仲，靈無饗仲且無悦夷。何（黄）〔黄〕以無示大虔仲，不無遲仲廢夾徹大。

送神，宫架奏夾鐘宫《景安》之曲

九夾重黄洞仲開林，靈無初林來仲游夾。臨無我黄中夾壇黄，須黄摇林淹仲留夾。來太如夾風仲馭林，去無若林雲黄浮無。鴻南垂無恩南惠林，永太孚黄于仲休夾。

皇帝詣望燎位，宫架奏黄鐘宫《乾安》之曲

謂黄天姑蓋大高姑，何應以南達太之黄。思林求姑厥南路林，惟應以南類姑推蕤。我林燔南斯姑柴太，烟黄氣南上黄躋姑。誠林與姑之南俱林，降太我姑純林禧黄。

皇帝詣望燎位，宮架奏太簇宮《乾安》之曲

謂太地蕤蓋姑厚太，積南陰南而應成南。山夷川蕤鬼夷神應，皆應地太之姑靈太。求太之蕤以應類夷，亦南罔應不姑寧太。工大祝蕤臨大瘞應，達南此應專姑精太。

皇帝還大次，宮架奏黃鐘宮《憩安》之曲

泰黃元姑尊南升林，媪南神姑静太息姑。禮黃儀南既蕤備姑，笙林鏞姑亦南寂林。已黃事南言太還（黄）〔黃〕，和應氣南充蕤溢林。福林美姑始南興林，時南萬黃時太億黃。

皇帝回鑾將至，《采茨》，宮架奏黃鐘宮《乾安》之曲

星黃影姑踈應動南，霜南華蕤淡姑薄蕤，六林龍姑方南馳林，吾應知南所黃樂姑。歸黃望南端太門黃，曰應光南耀黃爍姑。湛太恩姑汪南濊林，四姑海蕤咸林若黃。

皇帝升御座，宮架奏黃鐘宮《乾安》之曲

大黃孝姑備黃矣太，郊姑祀林配姑天南。昊黃天南子太之姑，惟黃以南永太年黃。上太（鴨）〔暢〕黃九姑垓太，下太沂姑八南埏林。御姑兹蕤端應門南，湛姑恩蕤沛林然黄。

皇帝降御座，宫架奏黄鐘宫《乾安》之曲

盛黄德姑休應明南，溥應率南兼太臨姑。受蕤帝林之南祉林，翼應翼南小太心黄。歸應坐南宣太室黄，何南念黄之蕤深姑。惟林此姑嘉南慶林，匪南今姑斯太今黄。［清］徐松輯《中興禮書》卷一五，續修四庫全書，史部册 822，上海古籍出版社，2002 年版，第 67—69 頁

寧宗郊祀二十九首

皇帝入中壝，《乾安》

合祀丘澤，登侑祖宗。顧諟惟精，靈承惟恭。有嚴皇儀，有莊帝容。監于克誠，肅肅雍雍。

降神，《景安》

圜鐘爲宫　天門蕩蕩，雲車陰陰。百神咸秩，三靈顧歆。神哉來娭，神哉溥臨。饗時宋德，翼翼小心。

黄鐘爲角　華蓋既動，紫微洞開。星樞周旋，日車徘徊。靈兮顧佑，靈兮沛來。載燕載娭，式時壇垓。

太簇爲徵　泰尊媪鼇，祖功宗德。辰躔陪營，嶽瀆受職。神哉來下，神哉來格。饗德惟馨，留虞嘉席。

姑洗爲羽　金石宣昭，羽旄紛綸。潔火夕照，明水夜陳。娭哉惟靈，娭哉惟神。風馬招摇，惟德之親。

皇帝盥洗，《乾安》

皇帝儉勤，盥用陶瓦。禮神頌祇，奠幣獻斝。月鑑陰肅，醴液融冶。挹彼注兹，禮無違者。

升壇，《乾安》

崇臺穹窿，高靈下墮。慶陰仿佛，從坐窠峨。宵升于丘，時通權火。維天之命，百禄是荷。

降壇

帝饗于郊，一精二純。紫觚陟降，嘉玉妥陳。神方留娭，瑞貺紛綸。申錫無疆，螽斯振振。

還位

肅肅禮度，鋗鋗宫奏。天行徐謐，皇儀昭懋。光連重璧，物備簋豆。於皇以饗，無聲無臭。

尚書奉俎

列俎孔陳，嘉籩維實。鼎煁陽燧，玉流星液。我牲既碩，我薦既苾。神監下昭，安坐翔吉。

再詣盥洗

帝澄初觴，禮嚴再盥。精明顯昭，齊顒洞貫。靈娭留俞，神光炳焕。我宋受福，永壽於萬。

再升壇

紫壇嶽立，神光夜燭。有儼旒采，有鸞佩玉。霄垠顧佑，祖宗熙穆。對越不忘，俾爾戩穀。

降壇，《乾安》

天容澄謐，景氣晏和。瓚斝薦醇，鋗璆叶歌。帝降庭止，夜其如何？神助之休，宜爾衆多。

還位，《乾安》

甘露流英，卿雲舒采。靈俞有喜，神光晻曖。穆穆來莅，洋洋如在。帝用居歆，澤及四海。

入小次，《乾安》

聽惟饗德，監惟棐忱。顧諟思明，靈承思欽。永言端莅，肅對下臨。上帝是皇，毋貳爾心。

文舞退、武舞進，《正安》

羽籥陳容，干戚按節。德閑而泰，功勞而決。虞我神祇，揚我謨烈。盡美盡善，福流有截。

亞獻，《正安》

帝臨中壇，神從八陛。華玉展瑞，明馨薦醴。亦有嘉德，克相盛禮。獻兹重觴，降福瀰瀰。

終獻，《正安》

敬事天地，升侑祖宗。陳盌於三，介觴之重。秉德翼翼，有來雍雍。相予祀事，福嘏日溶。

出小次，《乾安》

孝奏展成，熙儀畢薦。光流桂俎，祥衍椒奠。風管晨凝，雲容天轉。拜貺於郊，右序詒燕。

詣飲福位，《乾安》

所饗惟清，所欽惟馨。靈喜留俞，天景窈冥。福禄來成，福禄來寧。皇用時斂，壽我慈庭。

飲福，《禧安》

瓚斝觩觻，觥罍氤氲。有醴惟香，有酒惟欣。肸蠁豐融，懿懿芬芬。我龍受之，如川如雲。

降壇，《乾安》

天錫多祉，皇受五福。言瞻瑶壇，迄奉瑄玉。昭星炳燿，元氣回復。帝儀載旋，有嘉穆穆。

還位，《乾安》

璇圖天深，鼎文日輝。慶流皇家，象炳紫微。乾回冕旒，雲焕衮衣。何千萬年，式於九圍。

尚書徹豆，《熙安》

蘭豆既升，簠簋既登。禮備俎實，饗貴牲牷。時乃告徹，器用畢興。祚我皇基，介福是膺。

送神，《景安》

神輔有德，來燕來娭。禮薦熙成，三靈逆釐。神饗有道，言旋言歸。福祉咸蒙，百世本支。

詣望燎位，《乾安》

莫神乎天，陽噓而生。日月星辰，皆乾之精。肆求厥類，與陽俱升。眡燎于壇，展也大成。

詣望瘞位，《乾安》

地載萬物，陰翕而成。山嶽河瀆，皆坤之靈。克肖其象，與陰俱凝。眡瘞于坎，思求厥成。

還大次，《乾安》

福方流胙，祈方欽柴。鹵簿載肅，球架允諧。帝祉具臨，皇靈允懷。耑御于次，降福孔皆。

還内，《乾安》

八福呵蹕，千官景從。回軫還衡，祲威盛容。旻飾芝鳳，御朝雲龍。歸壽慈闈，敷時民雍。

《宋史》卷一三二《樂志》，第3077—3081頁

寧宗登門肆赦二首

升坐，《乾安》

帝饗于郊，荷天之休。五福敷錫，皇明燭幽。雲行雨施，仁翔德遊。聖人多男，歌頌九州。

降坐，《乾安》

天日清晏，朝野靖安。三靈答祉，萬國騰歡。帝命不違，王業艱難。天子萬年，永迪監觀。

《宋史》卷一三八《樂志》，第3258—3259頁

景祐上辛祈谷二首 仁宗御製

元脱脱《宋史·禮志》曰：「宋之祀天者凡四：孟春祈穀，孟夏大雩，皆於圜丘或别立壇；季秋大饗明堂；惟冬至之郊，則三歲一舉，合祭天地焉。」①《宋史·樂志》又曰：「（景祐元年）祈穀祀昊天，太宗配，作《仁安》以奠幣、《紹安》以酌獻。」②

① 《宋史》卷一〇〇，第2456頁。
② 《宋史》卷一二六，第2954頁。

太宗配位奠幣，《仁安》

天祚有開，文德來遠。祈穀日辛，侑神禮展。

酌獻，《紹安》

於穆神宗，惟皇永命。薦醴六尊，聲歌千詠。《宋史》卷一三二《樂志》，第3081頁

卷五　宋郊廟歌辭五

紹興祈穀三首

元脱脱《宋史・樂志》曰：「（康定元年）遂更常所用圜丘寓祭明堂《誠安之曲》曰《宗安》，祀感生帝《慶安之曲》曰《光安》，奉慈廟《信安之曲》曰《慈安》。」①清徐松《宋會要輯稿・樂六》亦有著録，題作《孟春祈穀（仁宗御製二曲）》，歌辭儀軌有異，茲録於下：

降神（紹興中分館職撰，三曲。降神樂曲同冬祀圜丘。）

盥洗（樂曲同圜丘。）

升壇（樂曲同圜丘。内止易第三句，則曰「三陽交泰」。）

上帝位奠玉幣（樂曲同圜丘。）

太宗位奠幣用《宗安》：於穆思文，克配上帝。涓選休成，遵揚嚴衛。祇薦忱誠，肅陳

---

①《宋史》卷一二七，第2962頁。

量幣。享兹吉蠲，申錫來裔。

還位樂曲同圜丘。

捧俎樂曲同圜丘。

上帝位酌獻用《嘉安》：三陽肇新，萬物資始。精誠祈天，其聽斯邇。願均雨暘，田疇之喜。如坻如京，以備百禮。

太宗位酌獻用《德安》：天錫勇智，允爲太宗。功隆德盛，與帝比崇。禮嚴陟配，誠達精衷。尚其錫祉，歲以屢豐。

文舞退、武舞進樂曲同圜丘。

亞、終獻樂曲同圜丘。

徹豆樂曲同圜丘。

送神樂曲同圜丘。

望寮樂曲同圜丘。以上《永樂大典》卷五四七〇①

① 《宋會要輯稿》，册 1，第 433 頁。

太宗位奠幣，《宗安》

於穆思文，克配上帝。涓選休成，遵揚嚴衛。祇薦明誠，肅陳量幣。享茲吉蠲，申錫來裔。

上帝位酌獻，《嘉安》

三陽肇新，萬物資始。精誠祈天，其聽斯邇。願均雨暘，田疇之喜。如坻如京，以備百禮。

太宗位酌獻，《德安》

天錫勇智，允惟太宗。功隆德盛，與帝比崇。禮嚴陟配，誠達精衷。尚其錫祉，歲以屢豐。

《宋史》卷一三二《樂志》，第3081—3082頁

孟夏雩祀，仁宗御製二首

元脱脱《宋史・禮志》曰：「雩祀上帝，儀亦如之。惟太宗神位奠幣作《獻安之樂》，酌

獻作《感安之樂》。」①《宋史·樂志》又曰：「孟夏雩上帝，太祖配，以仲吕之宫作《獻安》以奠幣、《感安》以酌獻。」②清徐松《宋會要輯稿·樂六》亦有著録，題作《孟夏雩祀仁宗御製二首》，歌辭儀軌有異，兹録於下：

太祖配坐奠幣，《獻安》：　昊天蓋高，祀事爲大。　嚴配皇靈，億萬來介。

酌獻，《感安》：　龍見而雩，神之來格。　犧尊精良，威靈赫奕。

降神樂曲同圜丘。

盥洗樂曲同圜丘。

升壇樂曲同圜丘。内止易第三句，則曰「蒼龍夕見」。

上帝位奠玉幣樂曲仝圜丘。

太宗位奠幣樂曲仝圜丘。

還位樂曲仝圜丘。

---

①《宋史》卷一〇〇，第2459頁。

②《宋史》卷一二六，第2954—2955頁。

擇俎樂曲仝圜丘。①

太祖配坐奠幣，《獻安》

昊天蓋高，祀事爲大。嚴配皇靈，億福來介。

酌獻，《感安》

龍見而雩，神之來格。犧象精良，威靈赫奕。《宋史》卷一三二《樂志》，第3082頁

紹興雩祀一首

上帝位酌獻，《嘉安》

蒼蒼昊穹，覆臨下土。欽惟歲事，民所依怙。爰竭精虔，禮典斯舉。甘澤以時，介我稷黍。

① 《宋會要輯稿》，册1，第433—434頁。

《宋史》卷一三二《樂志》，第 3082 頁

冬至、孟春、孟夏、季秋四祀，上公攝事七首

按，《正安》《豐安》亦見《宋史・樂志》之《常祀皇地祇五首》，《廣安》亦見楊億《武夷新集》卷五。《景安》，清徐松《宋會要輯稿・樂六》注曰：「哲宗朝差官撰。上辛、雩祀、常祀、明堂同用此。」①

降神，《景安》二章

天何言哉？至清而健。默定幽贊，降祥福善。夙設圜壇，恭陳嘉薦。貞馭下臨，儲休錫羨。

生物之祖，興益之宗。于國之陽，以禋昊穹。六變降神，於論鼓鐘。親德享道，錫羨無窮。

① 《宋會要輯稿》，册 1，第 432 頁。

太尉行，《正安》

禮經之重，祭典爲宗。上公攝事，登降彌恭。庶品豐潔，令儀肅雍。百神萃止，惟吉之從。

司徒奉俎，《豐安》

禮崇禋祀，神鑒孔明。牲牷博腯，以炰以烹。馨香蠲潔，品物惟精。錫以純嘏，享兹至誠。

飲福，《廣安》

簠簋既陳，吉蠲登薦。洗心防邪，肅祗祭典。陟降惟寅，籩豆有踐。百福咸宜，淳耀丕顯。

亞、終獻，《文安》

秩秩禮文，肅肅嚴祀。仰洽神休，式協民紀。灌獻有容，叙其俎簋。明德惟馨，以介丕祉。

送神，《景安》

帝臨中壇，肅恭禋祀。靈景舒光，飛龍旋軌。送神有章，神心具醉。輔德惟仁，永錫元祉。

《宋史》卷一三二《樂志》，第 3082—3083 頁

景德以後祀五方帝十六首

元脱脱《宋史·禮志》曰：「宋因前代之制，冬至祀昊天上帝於圜丘，以五方帝、日、月、五星以下諸神從祀。又以四郊迎氣及土王日專祀五方帝，以五人帝配，五官、三辰、七宿從祀。各建壇於國門之外：青帝之壇，其崇七尺，方六步四尺；赤帝之壇，其崇六尺，東西六步三尺，南北六步二尺；黄帝之壇，其崇四尺，方七步；白帝之壇，其崇七尺，方七步；黑帝之壇，其崇五尺，方三步七尺。天聖中，詔太常葺四郊宫，少府監遣吏齎祭服就給祠官，光禄進胙，監祭封題。慶曆用羊、豕各一，正位太尊、著尊各二，不用犧尊，增山罍爲二，壇上簠、簋、俎各增爲二。皇祐定壇如唐《郊祀録》，各廣四丈，其崇用五行八七五九六爲尺數。嘉祐加羊、豕各二。」①按，《祐安》，《宋史·樂志》曰：「（景祐元年）以姑洗之角、林鐘之徵、黄鐘之

① 《宋史》卷一〇〇，第 2459—2460 頁。

宮、太簇之角、南吕之羽作《祐安之曲》，以酌獻五帝。」①白帝降神用《高安》，奠玉幣、酌獻用《嘉安》，送神用《高安》，并見楊億《武夷新集》卷五，送神用《高安》，《武夷新集》作《理安》。

青帝降神，《高安》六變

四序伊始，三陽肇新。氣迎東郊，蟄户咸春。功宣播殖，澤被生民。祝史正辭，昭事惟寅。

奠玉幣、酌獻，并用《嘉安》

條風始至，盛德在木。平秩東作，種獻穜穋。律應青陽，氣和玉燭。惠彼兆民，以介景福。

送神，《高安》

備物致用，薦羞神明。禮成樂舉，克享克禋。

① 《宋史》卷一二六，第 2954 頁。

酌獻，《祐安》

條風斯應，候曆維新。陽和啓蟄，品物皆春。篪簧協奏，簠簋畢陳。精羞豐薦，景福攸臻。

赤帝降神，《高安》

長嬴戒序，候正南訛。功資蕃育，氣應清和。鼎實嘉俎，樂備登歌。神其來享，降福孔多。

奠玉幣、酌獻，《嘉安》景祐用《祐安》，辭亦不同

象分離位，德配炎精。景風協律，化神含生。百嘉茂育，乃順高明。神無常享，享于克誠。

送神，《高安》

籩豆有踐，黍稷惟馨。禮終三獻，神歸杳冥。

黄帝降神，《高安》

坤輿厚載，黄裳元吉。宅中居正，含章抱質。分王四季，其功靡秩。育此群生，首兹六律。

奠玉幣、酌獻，《嘉安》景祐用《祐安》，辭亦不同

中央定位，厚德惟新。五行攸正，四氣爰均。笙鏞以間，簠簋斯陳。爲民祈福，肅奉明禋。

送神，《高安》

土德居中，方輿配位。樂以送神，式申昭事。

白帝降神，《高安》

西顥騰晶，天地始肅。盛德在金，百嘉茂育。彍弩射牲，築場登穀。明靈格思，旌罕紛屬。

奠玉幣、酌獻，《嘉安》景祐用《祐安》，辭亦不同

博碩肥腯，以炰以烹。嘉栗旨酒，有瀰斯盈。肴核惟旅，肅肅烝烝。吉蠲備物，享于克誠。

送神，《高安》

飆輪戾止，景燭靈壇。金奏繹如，白露漙漙。

黑帝降神，《高安》

隆冬戒序，歲曆順成。一人有慶，萬物由庚。有旨斯酒，有碩斯牲。報功崇德，正直聰明。

奠玉幣、酌獻，《嘉安》景祐用《祐安》，辭亦不同

大儀斡運，星紀環周。三時不害，黍稷盈疇。克誠致享，品物咸羞。禮成樂變，錫祚貽休。

送神，《高安》

管磬咸和，禮獻斯畢。靈馭言旋，神降之吉。《宋史》卷一三二《樂志》，第3083—3085頁

五方帝

清徐松《宋會要輯稿·禮二四》曰：「(皇祐二年)五月二十四日……中書、樞密院臣僚分撰明堂樂章：文彦博撰降神《誠安》、送神《誠安》、青帝《精安》……』」①

① 《宋會要輯稿》，册2，第1145頁。

青帝酌獻用《精安》皇祐二年明堂，文彦博撰

帝宅震方，在德惟木。宣仁賦和，大生□育。祀法有虔，皇情允肅。神之格思，報以介福。

酌獻用《精安》嘉祐二年明堂，韓琦撰

太微靈德，若首五精。本仁與益，降氣施生。純牲有碩，旨酒斯清。錫兹壽嘏，既壽洽平。

赤帝酌獻用《祐安》景祐元年，宋綬撰

惟帝乘離，恢台其德。平秩南訛，百嘉允殖。感精啓運，祖我炎曆。璋幣迎郊，□□翼翼。

酌獻用《精安》皇祐二年明堂，宋庠撰

惟帝乘離，司厥生殖。感所自興，據我炎德。既度斯筵，乃馨斯稷。對越居歆，介祉無極。

酌獻用《精安》嘉祐二年明堂，韓琦撰

聖考能饗，宗祀熙成。駿烈惟帝，於皇執衡。茂育元運，降祚丕平。載清斯酌，庸罄精誠。

黄帝配獻用《祐安》景祐元年，宋綬撰

四序均氣，五色奠方。元標樞紐，位正中央。至誠馨潔，率土年康。神兮降止，鼎祚綿長。

酌獻用《精安》景祐二年明堂，宋綬撰

盛德居厚，含章有融。惟思惟信，曰黄曰中。禮誠薦達，福祐嘉通。永延永阜，九穀咸豐。

酌獻用《精安》嘉祐七年明堂，韓琦撰

帝乘中央，沉載函蒙。經緯四方，物性滋豐。金石之薦，象德以宫。神錫嘉虞，介祉無窮。

白帝酌獻用《祐安》景祐元年，吕夷簡撰

玉瑄均和，金風候氣。神其格思，豐粢潔幣。九穀順成，群物茂遂。降福無疆，德澤光被。

酌獻用《精安》皇祐二年明堂，高若訥撰

白熚方肅，合宫孔碩。琥以象象，神惟饗德。升配有序，虔恭無斁。降福穰穰，永安邦國。

酌獻用《精安》嘉祐七年明堂，韓琦撰

於赫路寢，肆筵有序。粤若西顥，其神執矩。以薦幣玉，式陳簠簋。神其格思，受天之祐。

黑帝酌獻用《祐安》景祐元年，宋綬撰

水官修職，星昴居方。執權含寶，萬物伏藏。大明昌祚，臨下皇皇。曰寒時若，神降之康。

酌獻用《精安》皇祐二年明堂，梁適撰

今月季秋，穀日辛亥。路寢合宫，親修嚴配。北方之神，五室來會。馨烈是畇，厖褫攸介。

酌獻用《精安》嘉祐七年明堂，韓琦撰

太宇清明，宣以方色。沛哉靈游，昭示幽則。崇配尊親，惟兹孝德。神熙蕃丕，涵育四極。

奠帛用《嘉安》九宫貴神、朝日夕月祇、太社、太稷、神州地祇、高禖禮幣同用此。哲宗朝差官撰。

禮經之重，祀典惟明。命官攝事，陟降以誠。既升庶品，亦奉二精。錫兹福祉，迄用丕平。

《全宋詩》卷三七三五，册 71，第 45028—45030 頁

祀黑帝

趙鼎臣

降神，《高安》之曲夾鐘宮

帝釐天工，宅坎之維。陰翕而藏，實顓其機。迄成歲功，用薦明祀。我維忱斯，神其饗止。

曲同前黄鐘角

皇天平分，以運四時。盛德在水，神則司之。黍稷惟馨，籩豆有踐。維天蓋高，神降無遠。

曲同前太簇徵

旆兮繽紛，黮兮如雲。有北之神，孰不駿奔。從帝之車，來即于壇。嗟其肯留，式燕以安。

曲同前姑洗羽

既博我牲，又豐我盛。我酌惟醹，我肴既馨。周旋執事，靡不欽承。神其來歆，以孚我誠。

酌獻,《祐安》之曲南吕羽

物成于冬,惟帝之庸。寒之時若,厥庸允博。以我精純,薦是苾芳。其庥我民,裕此蓄藏。

送神,《理安》之曲夾鐘宫

神之徠止,肅然余喜。神旋言歸,邑余之思。沛乎天游,我不敢留。時節來臨,以爲民休。

中望迎神,《凝安》之曲姑洗宫

節彼崇山,宅田之中。儲祉炳靈,爲皇屏墉。協德之符,用望以秩。鵜其來思,維時之吉。

酌獻,《成安》之曲南吕宫

彼高維嵩,有峻其霍。奠於并汾,宅是河洛。跂于望之,於薦有格。匪祝之私,暘雨時若。

送神,《凝安》之曲姑洗宫

假之愉愉,去之徐徐。川祇前馬,谷靈後車。言還言歸,眷我無射。福此京師,及彼邦國。

《竹隱畸士集》卷一五,景印文淵閣四庫全書,册1124,第233—234頁

卷六　宋郊廟歌辭六

紹興以後祀五方帝六十首

青帝降神，《高安》

圜鐘宫三奏

於神何司，而德于木？肅然顧歆，則我斯福。我祀孔時，我心載祗。匪我之私，神來不來。

黄鐘爲角，一奏

神兮焉居？神在震方。仁以爲宅，秉天之陽。神之來矣，道修以阻。望神未來，使我心苦。

太簇爲徵，一奏

神在途矣，習習以風。百靈後先，敢一不恭？奔走癘疫，祓除菑凶。顧瞻下方，逍遥從容。

姑洗羽，一奏

温然仁矣，熙然春矣。龍駕帝服，穆將臨矣。我酒清矣，我肴烝矣。我樂備矣，我神顧矣。

升殿，《正安》

在國之東，有壇崇成。節以和樂，式降式登。潔我珮服，璆琳鏘鳴。匪壇斯高，曷妥厥靈？

青帝奠玉幣，《嘉安》

物之熙熙，胡爲其然。蒙神之休，乃敢報旃。有邸斯珪，有量斯幣。於以奠之，格此精意。

太昊氏位尊幣，《嘉安》

卜歲之初，我迎春祇。孰克侑饗，曰古宓戲。萬世之德。再拜稽首，敢愛斯璧。

奉俎，《豐安》

靈兮安留，烟燎既升。有碩其牲，有俎斯承。匪牲則碩，我德惟馨。緩節安歌，庶幾是聽。

青帝酌獻，《祐安》

百末布蘭，我酒伊旨。酌以匏爵，洽我百禮。帝居青陽，顧予嘉觴。右我天子，宜君宜王。

太昊酌獻，《祐安》

五德之王，誰實始之？功括造化，與天無期。酌我清酤，盥獻載飭。神鑒孔饗，天子之德。

亞、終獻，《文安》

貳觴具舉，承神嘉虞。神具醉止，眷焉此都。我歲方新，我畝伊殖。時暘時雨，緊神之力。

送神，《高安》

忽而來兮，格神鴻休。忽而往兮，神不予留。神在天兮，福我壽我。千萬春兮，高靈下墮。

赤帝降神，《高安》

圜鐘爲宮　離明御正，德協于火。有感其生，維帝是何。帝圖炎炎，貽福錫我。鑒于妥虔，高靈下墮。

黄鐘爲角　赤精之君，位于朱明。茂育萬物，假然長嬴。我潔我盛，我蠲我誠。神其下來，雲車是承。

太簇爲徵　八卦相蕩，一氣散施。隆熾恢台，職神尸之。肅肅飆御，神戾於天。於昭神休，天子萬年。

姑洗爲羽　爗爗其光，炳炳其靈。膂其如容，欻其如聲。扇以景風，導以朱旂。我德匪類，神其安留。

升殿，《正安》

除地國南，有基崇崇。載陟載降，式虔式恭。燎烟既燔，黻冕斯容。神如在焉，肆予幽通。

赤帝奠玉幣，《嘉安》

太微呈祥，炎德克彰。佑我基命，格於明昌。一純二精，有嚴典祀。于以奠之，以介緐祉。

神農氏奠幣，《嘉安》

練以纁黄，有篚將之。肸蠁斯答，有神昭之。維神於民，實始貨食。歸德報功，敢怠王國。

奉俎，《豐安》

有牲在滌，從以騂牡。或肆或將，有潔其俎。神嗜飲食，飶飶芬芬。莫腆於誠，神其顧歆！

赤帝酌獻，《祐安》

四月維夏，兆於重離。帝執其衡，物無癘疵。於皇帝功，思樂旨酒，奠爵既成，垂福則有。

神農氏酌獻，《祐安》

猗歟先農，肇兹黍稷。既殖既播，有此粒食。秬鬯潔清，彝樽疏冪。竭我瑶斝，莫報嘉績。

亞、終獻，《文安》

盥爵奠斝，載虔載恭。籩豆静嘉，於樂鼓鐘。禮備三獻，神具醉止。孰顯神德？揚光紛委。

送神，《高安》

神來何從？駁然靈風。神去何之？杳然幽踪。伊神去來，霧散雲烝。獨遺休祥，山崇川增。

黄帝降神，《高安》

圜鐘爲宫　維帝奠位，乃咸于時。孰主張是，而樞紐之？㲉我腹我，比予于兒。告我冠服，迨其委蛇。

黄鐘角　蓀無不在，日與我居。孰不可來？肸蠁斯須。象服龍駕，淵淵鼓桴。蓀不汝多，多汝意乎。

太簇徵　樂哉帝居，逝留無常。爾信我宅，爾中我鄉。乃眷兹土，於赫君王。翩然下來，去未遽央。

姑洗羽　澮兮撫琴，啾兮吹笙。神之未來，肅穆以聽。繽紛羽旄，姣服在中。神既來止，亦無惰容。

升殿，《正安》

民生地中，動作食息。與我周旋，莫匪爾極。捕鰈東海，搴茅南山。彼勞如何，矧升降間。

黄帝奠玉幣，《嘉安》

萬櫝之寶，一絇之絲。孕之育之，誰爲此施？歸之後神，神曰何爲？不宰之功，蕩然四垂。

有熊氏位奠幣，《嘉安》

維有熊氏，以土勝王。其後皆沿，兹德用壯。黼黻幅舄，裳衣是創。幣之元纁，對此昭亮。

奉俎，《豐安》

王曰欽哉，無愛斯牲。登我元祀，亦有皇靈。以將以享，或剥或烹。大夫之俎，天子之誠。

黄帝酌獻，《祐安》

黍以爲翁，鬱以爲婦。以侑元功，以酌大斗。伊誰歆之？皇皇帝后。伊誰嘏之？天子萬壽。

有熊氏酌獻，《祐安》

昔在綿邈，有人公孫。登政撫辰，節用良勤。所蓄既大，所行宜遠。載其華樽，從以簫管。

亞、終獻，《文安》

羽觴更陳，厥味清涼。飲之不煩，又有蔗漿。夜未艾止，明星浮浮。願言妥靈，靈兮淹留。

送神，《高安》

靈不肯留，沛兮將歸。玉節猋逝，翠旗并馳。顧瞻佇立，悵然佳期。蹇千萬年，無斁人斯。

白帝降神，《高安》

圜鍾爲宮　白藏啓序，庶彙向成。有嚴禋祀，用答幽靈。風馬雲車，來燕來寧。洋洋在上，休福是承。

黄鍾角　素精肇節，金行固藏。氣冲炎伏，明河翻霜。功收有年，禮薦有章。祇越眇冥，鴻基永昌。

太簇徵　昊天之氣，揫斂萬彙。涓日潔齊，有嚴厥祀。有牲維肥，有酒維旨。神之燕娭，錫兹福祉。

姑洗羽　執矩斯兑，實惟素靈。受職儲休，萬寶以成。饗于西郊，奠玉陳牲。侑以雅樂，來歆克誠。

升殿，《正安》

素猋諧律，西顥墮靈。肇復元祀，晨煬肅清。卜土層陔，嘉薦芳馨。以御蕃祉，介我西成。

白帝奠玉幣，《嘉安》

惟時素秋，肇舉元祀。禮備樂作，降登有數。洋洋在上，神既來止。神之格思，錫我繁祉。

少昊氏位奠幣，《嘉安》

西顥肅清，群生茂遂。有嚴報典，孔明祀事。珪幣告虔，神靈燕喜。賚我豐年，以錫民祉。

奉俎，《豐安》

洽禮既陳，諧音具舉。有滌斯牲，孔碩爲俎。維帝居歆，介我稷黍。樂哉有秋，繄神之祜！

白帝酌獻，《祐安》

徂商肇祀，靈蓋孔饗。恭承嘉禧，湛濟秬鬯。監此馨香，靈其安留。疇惠下民，匪靈之休。

少昊氏位酌獻，《祐安》

沆碭西顥，功載萬世。乘金宅兑，侑我明祀。嘉觴布蘭，牲玉潔精。神之燕虞，肅用有成。

亞、終獻，《文安》

肅成萬物，沉寥其秋。惟兹祀事，戾止靈斿。酌獻具舉。典禮是求。冀福斯民，黍稷盈疇。

送神，《高安》

沉碭白藏，順成萬寶。有來德馨，於昭神妥。露華晨晞，飆馭聿還。介我嗣歲，澤均幅員。

黑帝降神，《高安》

圜鐘爲宫　吉日壬癸，律中應鐘。國有故常，北郊迎冬。乃蒧祀事，必祇必恭。明默雖異，感而遂通。

黄鐘爲角　良月盈數，四氣推遷。帝於是時，典司其權。高靈下墮，降祉幅員。神之聽之，祀事罔愆。

太簇爲徵　北方之神，執權司冬。三時務農，於焉告功。禮備樂作，歸功於神。風馬來遊，永錫斯民。

姑洗爲羽　天地閉塞，盛德在水。黑精之君，降福羡祉。洋洋在上，若或見之。齊莊承祀，其敢斁思。

升殿，《正安》

昧爽昭事，煌煌露光。滌溉蠲潔，容儀肅莊。牲肥酒旨，薦此芬芳。降陟有序，禮無越常。

黑帝奠玉幣，《嘉安》

晨曦未升，天宇肅穆。祇若元祀，將以幣玉。神之格思，三獻茅縮。明靈懌豫，下土是福。

高陽氏位奠幣，《嘉安》

飆馭雲蓋，神之顧歆。丕昭禮容，發揚樂音。祀事既舉，仰當神心。申以嘉幣，式薦誠諶。

奉俎，《豐安》

辰牡孔碩，奉牲以告。祕祝非祈，豐年宜報。至意昭徹，交乎神明。降福穰穰，用燕群生。

黑帝酌獻，《祐安》

赫赫神游，周流八極。德馨上聞，於焉來格。不腆酒醴，用伸悃愊。神其歆之，民用饗德。

高陽氏酌獻，《祐安》

十月納禾，民務藏蓋。不有神休，民罔攸賴。孟冬之吉，禮行不昧。神降百祥，昭著蓍蔡。

亞、終獻，《文安》

萬彙揫斂，時惟冬序。蠢爾黎氓，入此室處。酌獻告神，禮以時舉。賴此陰騭，民有所怙。

送神，《高安》

神之戾止，天門夜開。禮備告成，雲輧亟回。旗纛晻靄，萬靈喧豗。獨遺祉福，用澤九垓。

《宋史》卷一三二《樂志》，第3085—3093頁

乾德以後祀感生帝十首

元脱脱《宋史·禮志》曰：「感生帝，即五帝之一也。帝王之興，必感其一。北齊、隋、唐皆祀之，而隋、唐以祖考升配，宋因其制。乾德元年，太常博士聶崇義言：『皇帝以火德上承正統，請奉赤帝爲感生帝。每歲正月，别壇而祭，以符火德。』事下尚書省集議，請如崇義奏。乃酌隋制，爲壇于南郊，高七尺，廣四丈，日用上辛，配以宣祖。牲用騂犢二，玉用四圭有邸，幣如方色。」①《宋史·樂志》又曰：「乾德元年，翰林學士承旨陶穀等奉詔撰定祀感生帝之樂章、曲名，降神用《大安》，太尉行用《保安》，奠玉幣用《慶安》，司徒奉俎用《咸安》，酌獻用《崇安》，飲福用《廣安》，亞獻、終獻用《文安》，送神用《普安》。」②

① 《宋史》卷一〇〇，第2461頁。
② 《宋史》卷一二六，第2940頁。

降神，《大安》

和均玉管，政協璿衡。四序資始，萬物含生。皇猷允洽，至德惟明。爲民祈福，克致精誠。

太保行，《保安》

衣冠儼若，步武有容。公卿濟濟，率禮惟恭。

罍洗，《正安》

昊天降康，云何以報？斯謀斯惟，雍雍灌鬯。身之潔兮，神斯來止。神之享兮，民斯福矣。

奠玉幣，《慶安》

籩豆有踐，玉帛斯陳。神無常享，享于精純。

奉俎，《咸安》

俎實具列，明德惟馨。肅容祗薦，神其降靈。

酌獻，《崇安》

樂調鳳律，酒浥犧尊。至靈斯御，盛德彌敦。

飲福，《廣安》

三陽戒律，萬彙騰精。既蘇昆蟲，畢達勾萌。具陳犧象，式薦誠明。錫以蕃祉，永保咸平。

亞、終獻，《文安》

大君有命，祀典咸脩。薦獻式叙，淑慎優柔。

徹豆，《肅安》以下二首，政和中制

奉承明祀，惟羊惟牛。卬盛于豆，備陳庶羞。鐘鼓喤喤，神具醉止。其徹嘉籩，永綏福祉。

送神，《普安》

既臨下土，復歸于天。神之報貺，受福無邊。《宋史》卷一三二《樂志》，第3093—3094頁

景祐祀感生帝二首

元脱脱《宋史·樂志》曰：「（景祐元年）孟春祀感生帝，宣祖配，以太簇之宫作《皇安》以奠幣、《肅安》以酌獻。」①

宣祖配位奠幣，《皇安》

濬發長源，粤惟始祖。五運協圖，萬靈來護。

酌獻，《肅安》

龍德而隱，源流則長。宜乎億祀，侑享彌昌。《宋史》卷一三二《樂志》，第3094—3095頁

① 《宋史》卷一二六，第2954頁。

卷七　宋郊廟歌辭七

元符祀感生帝五首

降神，《大安》六變

二儀交泰，七政順行。四序資始，萬物含生。皇朝創業，盛德致平。爲民祈福，潔此精誠。

初獻升降，《保安》

冕旒儼若，步武有容。公卿濟濟，《韶》《濩》邕邕。

帝位酌獻

樂和鳳律，酒奠犧尊。神明斯享，禮盛難論。

亞、終獻，《文安》

大君有命，闕典咸脩。帝歆明祀，佑聖千秋。

送神，《普安》

俯臨下土，回復上天。觸類而長，荷福無邊。《宋史》卷一三二《樂志》，第3095頁

紹興以後祀感生帝十六首

元脱脱《宋史·禮志》曰：「紹興十八年，臣僚言：『我朝祀赤帝爲感生帝，世以僖祖配之。祖宗以來，奉事尤謹，故子孫衆多，與天無極。中興浸久，祀秩咸脩。惟感生帝，有司因循，尚淹小祀，寓於招提，酒脯而已。宜詔有司，升爲大祀，庶幾天意潛孚，永錫蕃衍。』詔禮官議之，遂躋大祀。禮行三獻，用籩豆十二，設登歌樂舞，望祭於齋宫。」①又，《宋史·樂

① 《宋史》卷一〇〇，第2463頁。

志》稱紹興以後「每歲祀昊天上帝者凡四……圜鐘爲宫，樂奏六成，與南郊同，乃用《景安之歌》《帝臨嘉至》《神娭錫羡之舞》。」①又曰：「孟春上辛祀感生帝，其歌《大安》，其樂舞則與歲祀昊天同。」②則祀感生帝之樂舞亦爲《帝臨嘉至》《神娭錫羡》之舞。

降神，《大安》

圜鐘爲宫　炎精之神，飛軿碧落。駕以浮雲，丹書赤雀。禮備豆籩，樂諧簫勺。神具醉止，佑我景鑠。

黄鐘爲角　宋德惟火，神實司之。上儀申蕆，迎方重離。瑶幣告潔，秀華金支。啾啾神龍，來介繁禧。

太簇爲徵　於物司火，於方峙南。璿霄來下，羽衛毵毵。祠官祝釐，聊珮合簪。本支有衍，則百斯男。

---

① 《宋史》卷一三〇，第 3035—3036 頁。
② 《宋史》卷一三〇，第 3036 頁。

姑洗爲羽　惟神之安，方解羽鑾。赤旂霞曳，從以炎官。居歆嘉薦，肸蠁靈壇。神之格矣，民訖多盤。

盥洗，《保安》

衝牙鏘鳴，肅容專精。交神之義，罔敢弗誠。設洗于阼，罍水惟清。盥以致潔，感通神明。

升殿，《保安》

三陽交泰，日新惟良。大建厥祀，兹報興王。禮嚴陟降，德薦馨香。聿懷嘉慶，降福穰穰。

感生帝位奠玉幣，《光安》

肅肅嚴祀，神幽必聞。騁駕臨饗，將歆飶芬。嘉玉陳幣，欽恭無文。永綏多祐，國祚何垠。

僖祖位奠幣，《皇安》

於穆文獻，景炎發祥。啓兹皇運，垂慶無疆。篚幣有陳，式昭肅莊。神之格思，如在洋洋。

奉俎，《咸安》

籩豆大房，秩秩在列。奉牲以告，既全既潔。樂均無爽，牲醴攸設。神兮燕娭。霓旌孑孑。

感生帝位酌獻，《崇安》

盛德在火，相我炎祚。典祀有常，牲玉維具。風馬雲車，翩翩來顧。式蕃帝祉，後昆有裕。

僖祖位酌獻，《肅安》

皇矣文獻，開國有先。德配感生，對越在天。練日得辛，來止靈壇。神其錫羡，瑞應猗蘭。

文舞退、武舞進《正安》

苾苾芬芬，神具醉止。笙磬鏗鏘，干旄旖旎。鬷假無言，神靈惟喜。中錫蕃釐，暨我孫子。

亞、終獻《文安》

偉炎厥初，緣感而系。慶衍式崇，昭融有契。樂功既諧，觴獻斯繼。歆類不違，克昌百世。

徹豆，《肅安》

潔陳斯備，昭格惟禋。神歆以飫，宰徹其餕。清歌振曉，叶氣流春。永錫祚嗣，以渥烝民。

送神，《大安》

豐祀孔飾，肅來自天。蘭尊既徹，飆馭載遄。騎雲縹緲，聆樂流連。惟邁惟顧，降福綿綿。

望燎，《普安》

禮文既洽，熏燎聿升。嘉氣四塞，丹誠上騰。惟類之應，惟福之興。永熾天統，億載靈承。

《宋史》卷一三二《樂志》，第3095—3097頁

景祐大享明堂二首

元脱脱《宋史·樂志》曰：「（景祐元年）季秋大饗明堂，真宗配，以無射之宫作《誠安》

以奠幣、《德安》以酌獻。」①

真宗配位奠幣，《誠安》

思文聖考，對越在天。侑神作主，奉幣申虔。

酌獻，《德安》

偃革興文，封巒考瑞。威烈巍巍，允膺宗祀。《宋史》卷一三三《樂志》，第3099頁

皇祐親享明堂六首

元脱脱《宋史・樂志》曰：「皇祐二年五月，明堂禮儀使言：『明堂所用樂皆當隨月用律，九月以無射爲均，五天帝各用本音之樂。』於是内出明堂樂曲及二舞名：迎神曰《誠

① 《宋史》卷一二六，第2955頁。

安》；皇帝升降行止曰《儀安》；昊天上帝、皇地祇、神州地祇位奠玉幣曰《鎮安》，酌獻曰《慶安》；太祖、太宗、真宗位奠幣曰《信安》，酌獻曰《孝安》，司徒奉俎曰《饎安》；五帝位奠玉幣曰《鎮安》，酌獻曰《精安》，皇帝飲福曰《胙安》；退文舞、迎武舞、亞獻、終獻皆曰《穆安》，徹豆曰《歆安》，送神曰《誠安》，歸大次曰《憩安》；文舞曰《右文化俗》，武舞曰《威功睿德》。又出御撰樂章《鎮安》《慶安》《信安》《孝安》四曲，餘詔輔臣分撰。庚戌，詔：『御所撰樂曲名與常祀同者，更之。』遂更常所用圜丘寓祭明堂《誠安之曲》曰《宗安》，祀感生帝《慶安之曲》曰《光安》，奉慈廟《信安之曲》曰《慈安》。」①

降神，《誠安》

維聖享帝，維孝嚴親。肇圖世室，躬展精禋。鏞鼓既設，籩豆既陳。至誠攸感，保格上神。

① 《宋史》卷一二七，第2962頁。

奠玉幣，《鎮安》

乾亨坤慶育函生，路寢明堂致潔誠。玉帛非馨期感格，降康億載保登平。

酌獻，《慶安》

肅肅路寢，相維明堂。二儀鑒止，三聖侑旁。靈期訢合，祠節齊莊。至誠并貺，降福無疆。

三聖配位奠幣，《信安》

祖功宗德啓隆熙，嚴配文修太室祠。圭幣薦誠知顧享，本支錫羨固邦基。

酌獻，《孝安》

藝祖造邦，二宗紹德。肅雍孝享，登配圜極。先訓有開，菲躬何力！歆馨錫羨，保民麗億。

送神，《誠安》

我將我享，辟公顯助。獻終豆徹，禮成樂具。飾駕上遊，升烟高騖。神保聿歸，介兹景祚。

《宋史》卷一三三《樂志》，第3099—3100頁

嘉祐親享明堂二首

降神，《誠安》

爗爗房心，下照重屋。我嚴帝親，匪配之瀆。西顥沆碭，夕景已肅。靈其來娭，嘉薦芳鬱。

送神，《誠安》

明明合宫，莫尊享帝。禮樂熙成，精與神契。柱尊初闌，羽駕倏逝。遺我嘉祥，於顯萬世。

《宋史》卷一三三《樂志》，第3100頁

熙寧享明堂二首

英宗奠幣，《誠安》

於皇聖考，克配上帝。永言孝思，昭薦嘉幣。

酌獻，《德安》

英聲邁古，德施在民。允秩宗祀，賓延上神。《宋史》卷一三三《樂志》，第3101頁

明堂樂章二首

王安石

歆安之曲

穆穆在堂，肅肅在庭。於顯辟公，來相思成。神既歆止，有聞惟馨。錫我休嘉，燕及群生。

皇帝還大次，《憩安》之曲

有奕明堂，萬方時會。宗予聖考，作帝之配。樂酌虞典，禮從周制。釐事既成，於皇來塈。

《全宋詩》卷五七四，册10，第6764頁

元符親享明堂十一首

皇帝升降，《儀安》

嚴父配天，孝乎明堂。輿奠升階，降音以將。天步有節，帝容必莊。辟公憲之，禮元不臧。

上帝位奠玉幣，《鎮安》

聖能享帝，孝克事親。於皇宗祀，盛節此陳。何以薦虔？二精有煒。何以致祥？上天鑒止。

神宗奠幣，《信安》

合宮禮備，時維哲王。堂筵四敞，明德馨香。聖考來格，降福穰穰。承承繼繼，萬祀其昌。

奉俎，《禧安》

奕奕明堂，天子即事。奠我聖考，配于上帝。凡百有職，疇敢不祗！俎潔牲肥，其登有儀。

上帝位酌獻，《慶安》

惟禮不瀆，所以嚴親。惟孝不匱，所以教民。陟配文考，享天大神。重禧累福，祚裔無垠。

配位酌獻，《德安》

隆功駿德，兩有烈光。陟配宗祀，惠我無疆。

退文舞、迎武舞，《穆安》

舞以象功，樂惟崇德。文經萬邦，武靖四國。一張一弛，其儀不忒。神鑒孔昭，孝思維則。

亞獻，《穆安》

於昭盛禮，嚴父配天。盡物盡誠，莫匪吉蠲。重觴既薦，九奏相宣。神介景福，億萬斯年。

飲福，《胙安》

莫尊乎天，莫親乎父。既享既侑，誠申禮舉。戛擊堂上，八音始具。天子億齡，飲神之胙。

徹豆，《欽安》

穆穆在堂，肅肅在庭。於顯辟公，來相思成。神既歆止，有聞無聲。錫我休嘉，燕及群生。

歸大次，《憩安》

有奕明堂，萬方時會。宗子聖考，作帝之配。樂酌虞典，禮從周志。釐事即成，於皇來暨。

《宋史》卷一三三《樂志》，第 3101—3102 頁

大觀宗祀明堂五首

奠玉幣，《鎮安》

交于神明，内心爲貴。外致其文，亦效精意。嘉玉既陳，將以量幣。肅肅雝雝。惟帝之對。

有邦事神，享帝爲尊。内心致德，外示彌文。嘉玉效珍，薦以量幣。恭欽伊何？惟以宗祀。

配位奠幣，《信安》

肇祀明堂，告成大報。顒顒祇祇，率見昭考。涓選休辰，齊明朝夕。於惟皇王，孝思罔極。

酌獻，《孝安》

若昔大猷，孝思維則。永言孝思，丕承其德。於昭明威，侑於上帝。賚我思成，永綏福祉。

配位酌獻，《大明》

於昭皇考，大明體神。憲章文思，宜民宜人。嚴父之道，陟配於天。躬行孝告，有孚于先。

《宋史》卷一三三《樂志》，第3102—3103頁

秋饗明堂

趙鼎臣

降神，《誠安》之曲夾鐘宮

於昭明堂，惟聖時制。我卜元辰，以祀上帝。曰我昭考，既侑饗之。雲車在天，跂予望之。

撤豆肅雝，《顯相》之曲大吕宫

嘉薦饗矣，不愆于儀。撤兹豆籩，我不敢遲。帝之居歆，豈以其物。於單厥心，肆用有格。

《竹隱畸士集》卷十五，景印文淵閣四庫全書，臺灣商務印書館，1986年版，册1124，第232頁

卷八　宋郊廟歌辭八

紹興親享明堂二十六首

按，清徐松《中興禮書》亦載紹興元年撰明堂樂曲事，所録亦二十六曲，然皆有調無辭，兹録於此組詩後。

皇帝入門，《儀安》

惟我有宋，昊天子之。三年卜祀，百世承基。施及冲眇，奉牲以祠。敢忘齋栗，徧舉上儀。

升堂，《儀安》

於赫明堂，肇稱禋祀。祖宗來游，亦侑於帝。九州駿奔，百辟咸事。歛時純休，錫我萬世。

降神，《誠安》

噫神何親？惟德是輔。玉牲具陳，誠則來顧。我開明堂，遵國之故。尚蒙居歆，以篤宗祐。

盥洗，《儀安》

肇開九筵，維古之仿。皇皇大神，來顧來享。庶儀交修，百辟顯相。微誠自中，交際天壤。

上帝位奠玉幣，《鎮安》

皇皇后帝，周覽四方。眷我前烈，燕娭此堂。金支秀發，黼帳高張。世歆明祀，曰宋是常。

皇地祇位奠玉幣，《嘉安》

至哉坤元，持載萬物！繼天神聖，觀世治忽。頌祇之堂，薦以圭黻。孰爲邦休，四海無拂？

太祖位奠幣，《廣安》

推尊太元，重屋爲盛。誰其配之？我祖齊聖。開基握符，正位凝命。於萬斯年，孝孫有慶。

太宗位奠幣，《化安》

帝神來格，靡祀不從。侑坐而食，獨升祖宗。在庭祗肅，展采錯重。三獻之禮，百年之容。

徽宗位奠幣，《泰安》

於穆帝臨，至矣元造！克配其儀，惟我文考。仁恩廣覃，奕葉永保。宗祀惟初，以揚孝道。

皇帝還位，《儀安》

耳聽鋗玉，目瞻熉珠。樂備周奏，儀參漢圖。神人并況，天地同符。亦既見帝，王心則愉。

尚書捧俎，《禧安》

展牲登俎，《簫韶》在庭。羞陳五室，意徹三靈。匪物斯享，惟誠則馨。永作祭主，神其億寧。

昊天上帝位酌獻，《慶安》

日在東陸，維時上辛。肇開陽館，恭禮尊神。蒼玉輝夜，紫烟煬晨。祖宗并配，天地同禋。

皇地祇位酌獻，《彰安》

地禖泰折，歌同我將。黝牲純潔，絲竹發揚。博厚而久，含洪以光。扶持宗社，曰篤不忘。

太祖位酌獻，《孝安》

一德開基，百年垂統。中天禘郊，薄海朝貢。寶龜相承，器鼎加重。澤深慶綿，帝復命宋。

太宗位酌獻，《韶安》

紹天承業，繼世立功。帷幄屢勝，車書始同。武掃氛霧，文垂日虹。遺澤所及，孰知其終！

徽宗位酌獻，《成安》

欽惟合宮，承神至尊。祇戒專精，儼然若存。奠兹嘉觴，苾蘭其芬。發祉隤祥，以子以孫。

皇帝還小次，《儀安》

匏尊既舉，鞂席未移。有德斯顧，靡神不娭。物情肅穆，天宇清夷。宅中受命，永復邦基。

文舞退、武舞進，《穆安》

神之欻至，慶陰杳冥，風馬雲車，怳若有承。備形聲容，於昭文明。庶幾嘉虞，來享來寧。

亞獻，《穆安》

四阿有嚴，神既戾止。備物雖儀，潔誠惟己。有來振振，相我熙事。載酌陶匏，以成毖祀。

終獻，《穆安》

誠一爲專，禮三而稱。孰陪邦祠？惟我同姓。金絲屢調，圭玉交映。是謂熙成，福來神聽。

皇帝飲福，《胙安》

孰謂天遠，至誠則通。孰謂地厚，與天則同。惠我純嘏，克成大功。握圖而治，如日之中。

徹豆，《歆安》

工祝告休，笙鏞云闋。酒茅既除，牲俎斯徹。幽明罔恫，中外咸悦。禮成伊何？天地同節。

送神，《誠安》

奕奕宗祀，煌煌禮文。高靈下墮，精意升聞。熙事既畢，忽乘青雲。敢拜明貺，永清世氛。

望燎，《儀安》

載酌載獻，以純以精。歌傳夜誦，物備秋成。報本斯極，聽卑則明。願儲景貺，福我群生。

望瘞，《儀安》

禮協豐融，誠交彷彿。辟公受膰，宗祀臨瘞。貽我來牟，以興嗣歲。山川出雲，天地同氣。

還大次，《憩安》

應天以實，已事而竣。氈案朝帝，竹宫拜神。靈光下燭，協氣斯陳。福禄時萬，基圖日新。

《宋史》卷一三三《樂志》，第3103—3106頁

紹興元年明堂樂曲樂章二十六首

清徐松《中興禮書》曰：「紹興元年七月，禮部太常寺言：據樂正申將來明堂合用樂曲節次，逐一用歌管色按得，委是聲律和協，伏乞朝廷下學士院製撰樂章，預行降下教習。詔依。」①按，原題作「明堂樂曲樂章」，今題爲筆者所改。

皇帝入門，黃鐘宮《儀安》

黃沽蕤林蕤沽黃太蕤林蕤沽沽太沾黃
黃南太黃應南黃沽太黃沽南蕤林太黃

降神，夾鐘宮《誠安》

夾林南林林無林黃無夾南林林仲無夾

---

① ［清］徐松輯《中興禮書》卷六三，續修四庫全書，册 822，上海古籍出版社，2002 年版，第 255 頁。

太夾林無南林黄夾太夾仲林黄林仲夾

降神，黄鐘角《誠安》

姑黄應南應南太黄蕤姑林南南黄
姑南南林蕤林黄姑應南黄林蕤姑

降神，太簇徵《誠安》

南應太蕤太蕤〔巽〕〔夷〕應應太太夷蕤太蕤南應
大應太太南應南應太應蕤姑太應夷南

降神，姑洗羽《誠安》

太夷蕤夷無夷蕤夷大無夷大應夾無夷
夾大夾夷夷沽太夷無應無夷姑夷夾大

升堂，大吕宫《儀（宫）〔安〕》

大仲夾大夷仲夷無林夷林仲夾太仲夷

黃大夷仲黃無仲夾夷大林仲無仲夾大

上帝位奠玉幣，大呂宮《鎮安》

太仲夾仲無仲夷大仲無林夷林仲太夾
夷大仲無夾黃仲夾林夷林仲黃太夾大

皇地祇位奠玉幣，應鐘宮《嘉安》

應夷蕤應夷蕤仲夾夾大應夷夷蕤無夷
蕤仲夾蕤夷無夷夾大夾蕤夷蕤夷應

太祖位奠幣，大呂宮《信安》

大仲無夷林夷無大黃大仲夷無大仲夾
大夷林仲夾大仲夾夷大夾仲無仲夾大

太宗位奠幣，大呂宮《恭安》與太祖位奠幣同

大仲無夷林夷無大黃大仲夷無大仲夾大

夷林夾仲大仲夾夷大夾仲無仲夾大

盥洗，黃鐘宫《儀安》與前入門同

黃姑蕤林蕤姑黃太蕤林蕤姑姑太姑黃

黃南太黃應南黃姑太黃姑南蕤林太黃

尚書捧俎，黃鐘宫《饎安》

黃林蕤姑蕤林太黃應南蕤林南黃沽太

黃沽林南太黃黃太蕤林應南林南太黃

上帝位酌獻，大吕宫《慶安》

大仲林夷無夷大大林仲夷無大無大夾

夷大仲夷黃大仲夾大仲林夷仲無夾大

皇地祇位酌獻，應鐘宫《光安》與皇地祇位奠玉幣同

應夷蕤應夷蕤仲夾夾大應夷夷蕤無夷蕤

夷仲夾蕤夷無夷夾大夾蕤夷蕤夷應

太祖位酌獻，大吕宫《孝安》

大仲林仲大無夷無黄大仲夾大仲林夷
黄林仲無仲大夾大夷林仲無仲夾大

太宗位酌獻，大吕宫《英安》與太祖位獻酌同

大仲林仲大無夷無黄大仲夾大仲林夷
夾黄林仲無夷大夾大夷林仲無仲夾大

皇帝還版位，黄鐘宫《儀安》與前入門同

黄姑蕤林蕤姑黄太蕤沽蕤林沽太
姑黄黄南太黄應南黄姑太黄姑南蕤林太黄

皇帝還小次，黄鐘宫《儀安》與前同

黄姑蕤林蕤沽黄太蕤沽蕤林沽太沽黄黄南太黄應南黄姑大黄姑南蕤林太黄

亞獻，黃鐘宮《穆安》

黃南太姑黃沽太黃應南蕤林南林黃太應黃姑南太黃姑太蕤姑林南姑蕤林黃

終獻，黃鐘宮《隆安》與亞獻同

黃南太姑南姑太黃應南蕤林南林黃太應南姑南太黃姑太蕤姑林南姑蕤林黃

皇帝飲福酒，大呂宮《俎安》

大無夷仲林仲夷無夾大仲夷夷仲夾仲黃大林仲夷仲大夾無大仲無夾仲夾大

尚書徹豆，大呂宮《歆安》

大仲夾夷黃仲夷夾大夷無夷大無夾大大仲夾夷林夷林仲夾大仲夷夾仲夷大

送神，夾鐘宮《誠安》

夾林南林黃夾仲夾林無夾黃南林黃無黃太南林林太南林夾林仲林夾黃仲夾

望燎，黄鍾宫《儀安》與前入門同

黄姑蕤林蕤姑黄太蕤林蕤姑姑太姑黄黄林太黄應南黄姑太黄姑南蕤林太黄

望瘞，太簇宫《儀安》

太姑太蕤應夷蕤南蕤南大應沽太沽蕤南蕤應南沽蕤南太南蕤南應太應沽太

皇帝還大次，黄鍾宫《憇安》

黄南林姑林姑南林應南蕤林蕤姑太姑姑太南林林黄姑林南南蕤太姑姑太黄姑林南太黄

《中興禮書》卷六三，續修四庫全書，册 822，第 255—256 頁

紹興、淳熙分命館職定撰十七首

元脱脱《宋史・樂志》曰：「孝宗親享明堂樂曲并同，惟天地位奠幣、酌獻及太祖酌獻、皇帝入小次、還大次、亞獻、送神等篇，各有删潤。又以太祖奠幣曲改名《廣安》，酌獻改名

《恭安》，太宗奠幣改名《化安》，酌獻改名《英安》。」①又曰：「光宗受禪……高宗身濟大業……乃季秋升侑於明堂，奠幣用《宗安之樂》，酌獻用《德安之樂》，并登歌作大吕宫。」②

降神，《景安》

圜鐘爲宫　上直房心，時惟明堂。配天享親，宗祀有常。盛德在金，日吉辰良。享我克誠，來格來康。

黄鐘爲角　合宫盛禮，金商令時。備成熙事，薦揚上儀。駿奔在庭，精意肅祇。來享嘉薦，神靈燕娭。

太簇爲徵　休德孔昭，靈承上帝。孝極尊親，嚴配于位。嘉薦芬芳，禮無不備。神其格思，享兹誠至。

姑洗爲羽　霜露既降，孝思奉先。陟降上帝，禮隆九筵。有馨黍稷，有肥牲牷。神來燕娭，想

①《宋史》卷一三三，第3109頁。
②《宋史》卷一三一，第3047頁。

像肅然。

盥洗，《正安》

禮經之重，祭典爲宗。上公攝事，進退彌恭。庶品豐潔，令儀肅雍。百祥萃止，惟吉之從。

升殿，《正安》

皇祖配帝，歲祀明堂。冕服陟降，玉佩瑲瑲。疾徐有節，進止克莊。維時右享，日靖四方。

上帝位奠玉幣，《嘉安》

大享季秋，百執揚厲。明明太宗，赫赫上帝。祇薦忱誠，式嚴圭幣。祚我明德，錫茲來裔。

太宗位奠幣，《宗安》

穆穆皇祖，丕昭聖功。聲律身度，樂備禮隆。祇薦量幣，祀于合宮。玉帛萬國，驩心載同。

捧俎，《豐安》

備物昭陳，工祝告具。維羊維牛，孔碩孔庶。有嘉維馨，加食宜飫。斂時五福，永膺豐胙。

上帝位酌獻，《嘉安》

爗彼房心，明明有融。維聖享帝，禮行合宫。祀事時止，粢盛潔豐。昭受申命，萬福攸同。

太宗位酌獻，《德安》

受命溥將，勛高百王。寰宇大定，聖治平康。有嚴陟配，宗祀明堂。神保是格，申錫無疆。

文舞退、武舞進，《正安》

温厚嚴凝，於皇上帝。文德武功，列聖并配。舞綴象成，肅雍進退。秉翟蹝蹝，總干蹈厲。

亞、終獻，《文安》

總章靈承，維國之常。禮樂宣鬯，降升齊莊。竭誠盡志，薦兹累觴。於昭在上，申錫無疆。

徹豆，《肅安》

於皇上帝，肅然來臨。恭薦芳俎，以達高明。烹飪既事，享于克誠。以介景福，惟德之馨。

送神，《景安》

帝在合宫，鑒觀盛禮。黍稷惟馨，神心則喜。禮備樂成，亦既歸止。億萬斯年，以貺多祉。

高宗位奠幣，《宗安》

赫赫高廟，於堯有光。覆被萬祀，冠冕百王。有量斯幣，蠲潔是將。在帝左右，維時降康。

酌獻，《德安》

炎運中興，蒼生載寧。九秩燕豫，三紀豐凝。精祀上帝，陟配威靈。錫羡胙祉，萬世承承。

《宋史》卷一三三《樂志》，第3106—3109頁

卷九　宋郊廟歌辭九

景德祀皇地祇三首

清徐松《宋會要輯稿・樂六》注曰：「景祐三年諸臣撰，三曲。」①按，降神用《静安》，《宋會要輯稿・樂六》作迎神用《精安》。②

降神，《静安》

至哉厚德，陟配天長！沈潛剛克，廣大無疆。資生萬物，神化含章。同和八變，神靈效祥。

① 《宋會要輯稿》，册1，第446頁。
② 《宋會要輯稿》，册1，第446頁。

奠玉幣，酌獻，《嘉安》

於昭祀典，致享坤儀。備物咸秩，柔祇格思。功宣敏樹，日益鴻禧。持載品彙，率土攸宜。

送神，《靜安》

妙用無方，倏來忽逝。蠲潔寅恭，式終禋瘞。《宋史》卷一三三《樂志》，第3109頁

景祐夏至祀皇地祇二首

題注曰：「仁宗御製。」元脱脱《宋史・樂志》曰：「（景祐元年）夏至祭皇地祇，太祖配，以蕤賓之宫作《恭安》以奠幣、《英安》以酌獻……親製郊廟樂章二十一曲，財成頌體，告于神明，詔宰臣吕夷簡等分造樂章，參施群祀。」①

① 《宋史》卷一二六，第2955頁。

太祖奠幣，《恭安》

赫矣淳耀，俶載帝基！一戎以定，萬國來儀。寅恭潔祀，博厚皇祇。威靈攸在，福禄如茨。

酌獻，《英安》

丕命惟皇，萬物咸睹。卜年邁周，崇功冠禹。有爗炎精，大昌聖祚。酌鬯祈年，永錫繁祜。

《宋史》卷一三三《樂志》，第3109—3110頁

熙寧祀皇地祇十二首

迎神，《導安》

昭靈積厚，混混坤輿。配天作極，陰慘陽舒。齊明薦享，百福其儲。庶幾來止，風馬雲車。

升降，《靖安》

有來穆穆，臨此方丘。其行風動，其止霆收。躬事匪懈，豐盛潔羞。百昌咸殖，允矣神休！

奠幣，《釐安》

純誠昭融，芳美嘉薦。肅將二精，以享以奠。休光四充，靈祇來燕。其祥伊何？永世錫羨。

太祖，《肇安》

於皇烈祖，維帝所興。光輝宗祀，如日之升。告靈作配，孝享烝烝。錫茲祉福，百世其承。

司徒奉俎，《承安》

我修祀事，於何致誠？罔敢怠佚，視茲碩牲。納烹薦俎，侑以和聲。格哉休應，世濟皇明。

酌獻，《和安》

猗嗟富媼，博厚含弘。發榮敷秀，動植茲豐。爰酌茲酒，肸蠁交通。衆祥萃止，垂祐無窮。

太祖，《佑安》

光大含弘，坤元之力。海宇咸寧，烈祖之德。作配方壇，不僭不忒。子孫其承，毋替厥則。

飲福，《禔安》

載登壇阼，載酌尊彝。牲酒嘉旨，福禄純熙。其福維何？萬物咸宜。其禄維何？永承神禧。

退文舞、迎武舞，《威安》

雍雍肅肅，建我采旄。舞以玉戚，不吴不敖。其將其肆，腪膴嘉肴。何以侑樂？鐘鼓管簫。

亞、終獻，《儀安》

折俎在籩，菹羹在豆。何以酌之？酒醴是侑。何以錫之？貽爾眉壽。何以格之？永爾康阜。

徹豆，《豐安》

曳我黼黻，履舄接武。鏘我珩璜，降升圜圍。其將肆兮，既曰不侮。其終徹兮，恭欽惟主。

送神，《皇安》

神兮來下，享此苾芬。酌獻雍雍，執事孔勤。神之還矣，忽乘飛雲。遺我祺祥，物象忻忻。

《宋史》卷一三三《樂志》，第3110—3111頁

常祀皇地祇五首

元脱脱《宋史・樂志》曰：「（景祐元年）以林鐘之宫、太簇之角、姑洗之徵、南吕之羽作《寧安之曲》，以祭地及太社、太稷，罷舊《靖安之曲》。」①清徐松《宋會要輯稿・樂六》注曰：「景祐元年吕夷簡撰，二曲，八變。」②按，《正安》《豐安》又見《冬至孟春孟夏季秋四祀上公攝事七首》。

---

①《宋史》卷一二六，第2954頁。

②《宋會要輯稿》，册1，第446頁。

迎神，《寧安》八變

坤元之德，光大無疆。一氣交感，百物阜昌。吉蠲致享，精明是將。介茲景福，鼎祚靈長。

升降，《正安》

禮經之重，祭典爲宗。上公攝事，登降彌恭。庶品豐潔，令儀肅雍。百祥萃止，維吉之從。

奉俎，《豐安》

禮崇禋祀，神鑒孔明。牲牷博腯，以炰以亨。馨香蠲潔，品物惟精。錫以純嘏，享茲至誠。

退文舞、迎武舞，《威安》

進旅退旅，載揚干揚。不愆于儀，容服有章。式綏式侑，神休是聽。鼓之舞之，神永安寧。

送神，《寧安》

物備百嘉，樂周八變。克誠是享，明德斯薦。神鑒孔昭，蕃禧錫羨。回馭飄然，邈不可見。

《宋史》卷一三三《樂志》，第3111—3112頁

紹興祀皇地祇十五首

元脱脱《宋史・禮志》曰：「高宗紹興初，惟用酒脯鹿臡，行一獻禮。二年，太常少卿程瑀言：『皇地祇，當一依祀天儀式。』詔從之。又言：『國朝祀皇地祇，設位於壇之北方南向。政和四年，設于南方北向。今北面望祭，北向爲難，且於經典無據。請仍南向。』」①《宋史・樂志》又曰：「夏至祀皇地祇，樂奏八成，乃用《寧安之歌》、《儲靈錫慶》、《嚴恭將事》

① 《宋史》卷一〇〇，第2455—2456頁。

之舞。」①清徐松《宋會要輯稿・樂六》注曰：「紹興中分館職撰，一十五曲。」②

迎神，《寧安》

函鐘爲宮　至哉厚德，物生是資！直方維則，翕闢攸宜。於昭祀典，致享坤儀。禮罔不答，神之格思。

太簇爲角　蕆事方丘，舊典時式。至誠感神，馨非黍稷。肸蠁來臨，鑒兹明德。永錫坤珍，時萬時億。

姑洗爲徵　至哉坤元，乃順承天。厚德載物，含洪八埏。日北多暑，祀儀吉蠲。式昭毋事，敢告恭虔。

南吕爲羽　蕆事方丘，情文孔時。名山大澤，侑祭無遺。牲陳黝犢，樂備《咸池》。柔祇皆出，介我繁禧。

---

①《宋史》卷一三〇，第 3036 頁。

②《宋會要輯稿》，册 1，第 447 頁。

盥洗，《正安》

於穆盛禮，肅肅在宫。蕆事有初，直于東榮。滌濯是謹，惟寅惟清。祇薦柔嘉，享兹克誠。

升殿，《正安》

景風應時，聿嚴毖祀。用事方丘，鏘鏘濟濟。登降有節，三獻成禮。神其格思，錫我繁祉。

正位奠玉幣，《嘉安》

坤元博厚，對越天明。展事方澤，亶惟顧歆。嘉玉量幣，祇薦純精。錫我繁祉，燕及函生。

太祖位奠幣，《定安》

毖祀泰折，柔祇是承。於赫藝祖，道格三靈。式嚴配侑，厚德惟寧。爰昭薦幣，享於克誠。

捧俎，《豐安》

丕答靈貺，歲事方丘，豆登在列，鼎俎斯儔。牲牷告具，寅畏彌周。柔祇昭格，飆至雲流。

正位酌獻，《光安》

祇事坤元，飭躬敢憚！爰潔粢盛，載嚴圭瓚。清明内融，嘉旨外粲。介我繁釐，時億時萬。

太祖位酌獻，《英安》

皇矣藝祖，九圍是式！至哉柔祇，萬彙允殖。保兹嘉邦，介我黍稷。酌鬯告虔，作配無極。

文舞退、武舞進，《正安》

於穆媪神，媲德彼天。我修毖祀，以莫不虔。肆陳時夏，干羽相宣。靈其來游，降福綿綿。

亞、終獻，《文安》

禮有祈報，國惟典常。籩豆豐潔，升降齊莊。備物致志，式薦累觴。昭格來享，自天降康。

徹豆，《娛安》

承天效法，其道貴誠。牲羞黄犢，薦德之馨。芳俎告畢，禮備樂盈。既静既安，庶物沾生。

送神，《寧安》

至厚至深，其動也剛。精誠默通，或出其藏。神之言歸，化斯有光。相我炎圖，萬世無疆。

《宋史》卷一三三《樂志》，第3112—3114頁

宋初祀神州地祇三首

元脱脱《宋史・禮志》曰：「宋初，方丘在宫城之北十四里，以夏至祭皇地祇；别爲壇於北郊，以孟冬祭神州地祇。建隆以來，迭奉四祖崇配二壇。太平興國以後，但以宣祖、太祖更配。真宗乃乙太宗配方丘，宣祖配神州地祇。」①清徐松《宋會要輯稿・樂六》注曰：

① 《宋史》卷一〇〇，第2449頁。

「景德三年諸臣撰，三曲。」①

降神，《静安》

膴膴郊原，茫茫宇縣。畫野分疆，禹功疏奠。靈祇是臻，豆籩祇薦。幽贊皇圖，視之不見。

奠玉幣，酌獻《嘉安》

肸蠁儲靈，肅恭用幣。鏘洋導和，洪休允契。嘉氣雲蒸，浹于華裔。式薦坤珍，聿符明世。

送神，《静安》

獻奠云畢，純嘏祁祁。威靈藏用，邈矣何之？《宋史》卷一三三《樂志》，第3114—3115頁

① 《宋會要輯稿》，册1，第448頁。

景祐孟冬祭神州地祇二首

元脱脱《宋史·樂志》曰：「孟冬祭神州地祇，太宗配，以應鐘之宫作《化安》以奠幣、《韶安》以酌獻。又造《冲安之曲》，以七均演之爲八十四，皆作聲譜以授有司，《冲安之曲》獨未施行。」①清徐松《宋會要輯稿·樂六》注曰：「仁宗御製，二曲。」②按，《韶安》，《宋會要輯稿·樂六》作《化安》③。

太宗位奠幣，《化安》

削平僞邦，嗣興鴻業。禮樂交修，仁德該洽。柔祇薦享，量幣攸攝。侑坐延靈，神休允答。

①《宋史》卷一二六，第2955頁。
②《宋會要輯稿》，册1，第448頁。
③《宋會要輯稿》，册1，第449頁。

酌獻，《韶安》

有煒彌文，克隆宏構。貽此燕謀，具膺多祐。嶰律吹莩，彝尊奠酒。佐乃沈潛，永祈豐楙。

《宋史》卷一三三《樂志》，第3115頁

元符祭神州地祇二首

清徐松《宋會要輯稿·樂六》注曰：「景祐元年呂夷簡撰，二曲，八變。」①

迎神，《寧安》八變

膴膴浚邦，皇天是宅。必有幽贊，聰明正直。布列籩豆，考擊金石。中外謐寧，緊神之力。

① 《宋會要輯稿》，册1，第448頁。

送神，《寧安》

都邑浩穰，民物富盛。主以靈衹，昭乃丕應。玉帛牲牷，鼓鐘筦磬。祇薦攸歆，歸于至静。

《宋史》卷一三三《樂志》，第3115頁

祭神州地祇

趙鼎臣

迎神，《寧安》之曲林鐘宫

於鑠神州，以乂萬國。厥壤五千，惟祇是職。時和年豐，匪神孰依。我烹羊牛，神母我違。

曲同前太簇角

至哉坤元，福此神州。博厚其德，以爲民休。維月之陽，祇薦芬芳。神其吐諸，有苾其香。

曲同前姑洗徵

有充斯牲，有豐斯盛。穆將愉之，其純其精。載坤惟輿，行地斯馬。有風肅然，神兮來舍。

曲同前南呂羽

崑崙之南，幅員既長。神持載之，俾民用康。于豆于登，亦有牲俎。饗以御神，欣其來許。

盥洗，《正安》之曲太蔟宮，輿歸版位、望瘞通用

載謀載惟，穀旦於差。自豆徂籩，靡不静嘉。酌言饗之，敢不潔清。克咸厥恭，熙事備成。

捧俎，《豐安》之曲太蔟宮

牲也碩之，鼎也滌之。于俎斯登，神也食之。我蕲神饗，亶惟齋明。神允予衷，豈伊割烹。

神州地祇位酌獻，《嘉安》之曲應鐘宮

厥民蚩蚩，食土之毛。爰報其德，其敢弗昭。酌我清酤，薦我嘉玉。我祖侑之，綏予祉福。

退文、迎武，《威安》之曲太蔟宮

有奕其舞，文德既崇。干威係興，昭此武功。至陰肅肅，不怒而威。我儀厥成，神其宴娭。

撤豆，《和安》之曲應鐘宫

羞之芬芬，酌之熏熏。舞之蹲蹲，饗之欣欣。神莫予違，維志用竭。既顧而歆，其敢弗撤。

送神，《寧安》之曲林鐘宫

霓旌舒舒，式旋其驅。百神駿奔，萬靈翼趨。我寧神歸，神介予祉。原隰昀昀，黍稷薿薿。

《竹隱畸士集》卷一五，景印文淵閣四庫全書，册1124，第232—233頁

紹興祀神州地祇十六首

元脱脱《宋史·樂志》曰：「立冬後祀神州地祇，樂奏八成，歌《寧安》，與祀皇地祇同名而異曲，用《廣生儲祐》《厚載凝福之舞》。」①清徐松《宋會要輯稿·樂六》注曰：「紹興中分館職撰，十六曲。」②

迎神，《寧安》

函鐘爲宮

芒芒下土，恢恢方儀。富媪統攝，潛運八維。爰稱元祀，告備吉時。揭茲虔恭，僾

①《宋史》卷一三〇，第 3036 頁。

②《宋會要輯稿》，册 1，第 448 頁。

其格思。

太簇爲角　洪惟坤元，道著品物。上配紫旻，厚載其德。良月肇蕆，祭器布列。必先皇祇，以迓景福。

姑洗爲徵　坱圠無垠，磅礴罔測。山盈川沖，自生自殖。其報惟何？率禮靡忒。億萬斯年，功被無極。

南吕爲羽　翕闢以時，協氣陶蒸。播之金石，鏘厥和聲。冥冥眑眑，孔享純誠。是聽是娭，邦基永寧。

盥洗，《正安》

晨煬致烟，涬然四施。飄飄風馬，彷彿來斯。祀事維清，沃之盥之。載涓載肅，罔有愧辭。

升殿，《正安》

崇崇其壇，屹矣層級。佩約步趨，降登中節。左瞻右眄，祥風藹集。斿旆羽紛，昭鑒翊翊。

神州地祇位奠玉幣，《嘉安》

璇璣諧序，籍斂薦嘉。昭答柔祇，迭奏雅歌。幣琮以侑，儀腆氣和。靈其溥臨，容與燕嘉。

太宗位奠幣，《嘉安》

穆穆令聞，溥博有容。澤被萬宇，靡不率從。恭陳量幣，明薦其衷。禮亦宜之，享德攸同。

奉俎，《豐安》

肅肅嘉承，唯德其物。工祝以告，繄民之力。神哉廣生，孔蕃且碩。奠于嘉壇，吐之則弗。

神州地祇位酌獻，《嘉安》

恭承明祀，嘉薦令芳。亦有桂酒，誠愨是將。瑟瓚以酌，效懽厥觴。庶乎燕享，永懷不忘。

太宗位酌獻，《化安》

宗德含洪，方祇可儗。闢土開疆，八埏同軌。是用作配，有永無紀。裸獻以享，茂格蕃祉。

文舞退、武舞進，《文安》

奕奕綴兆，《咸池》孔彰。丕闡文德，靡忘發揚。進退有節，乃容之常。樂備爾奏，煒煒榮光。

亞、終獻，《文安》

縮酌以祼，既旨且多。三獻有序，情文愈加。黄祇臨享，錫以休嘉。廣兹靈祲，覃及邇遐。

徹豆，《成安》

展牲告全，乃登于俎。竣事而徹，侑以樂語。奉釐宣室，祚我神主。斂敷庶民，并受其祜。

送神，《寧安》

雲馭洋洋，既歆既顧。悠然聿歸，曷求厥路。欽想頌堂，跂立以慕。賚我肸蠁，莫不懌豫。

望瘞，《正安》

神罔怨恫，燕其有喜。蕆事告成，爰修瘞禮。樂闋儀備，休氣四起。尚謹不忞，念終如始。

《宋史》卷一三三《樂志》，第3115—3118頁

景德朝日三首

按，此三首亦見楊億《武夷新集》卷五。

降神，《高安》六變

陽德之母，羲御寅賓。得天久照，首兹三辰。正辭備物，肅肅振振。淪精降監，克享明禋。

奠玉幣酌獻，《嘉安》

醴齊良潔，有牲斯純。大采玄冕，乃昭其文。王宫定位，粢盛苾芬。民事以叙，盛德

升聞。

送神，《高安》

縣象著明，照臨下土。降福穰穰，德施周普。《宋史》卷一三三《樂志》，第3118頁

夕月三首

降神，《高安》六變

凝陰禀粹，照臨八埏。麗天垂象，繼日代明。一氣資始，四時運行。靈祇昭格，備物薦誠。

奠玉幣、酌獻，《嘉安》

夕耀乘秋，功存寓縣。金奏在縣，以時致薦。祀事孔寅，明靈降眷。潔粢豐盛，倉箱流衍。

送神，《高安》

夙陳籩豆，潔誠致祈。垂休保佑，景祚巍巍。《宋史》卷一三三《樂志》，第3118—3119頁

大觀秋分夕月四首

降神，《高安》

至陰之精，虧而復盈。輪高仙桂，階應祥蓂。玉兔影孤，金莖露溢。其駕星車，顧于茲夕。

奠玉幣

玉鈎初彎，冰盤乍圓。扇掩秋後，烏飛枝邊。精凝蟾蜍，輝光嬋娟。歆於明祀，弭芳節焉。

酌獻

名稽《漢儀》，歌參唐宗。往于卿少，乘秋氣中。周天而行，如姊之崇。可飛霞佩，下琉璃宮。

送神

四扉大開，五雲車立。霓裾娣從，風翿童執。摇曳胥來，鏘洋爰集。歆我嚴禋，西面以揖。

《宋史》卷一三三《樂志》，第3119頁

紹興朝日十首

降神，《高安》

圜鐘爲宫　玄烏既至，序屬春分。朝于太陽，厥典備存。載嚴大采，示民有尊。揚光下燭，煜爚東門。

黄鐘爲角　升暉麗天，陽德之母。率無頗偏，兼燭下土。恭事崇壇，禮樂具舉。頓御六龍，裴回容與。

太簇爲徵　周祀及闇，漢制中營。肸蠁是屆，禮神以兄。我潔斯璧，我肥斯牲。神兮燕享，鑒觀孔明。

姑洗爲羽　屹爾王宫，泛臨翊翊。惠此萬方，豈惟五色。以修陽政，以習地德。雲景杳冥，施祥無極。

初獻升殿，《正安》

天宇四霽，嘉壇聿崇。肅祇嚴祀，登降有容。仰瞻曜靈，位居其中。既安既妥，沛哉豐融！

奠玉幣，《嘉安》

物之備矣，以交於神。時惟炎精，不忘顧歆。經緯之文，璆琳之質。燦然相輝，其儀秩秩。

奉俎，《豐安》

扶桑朝暾，和氣肹飭。奉此牲牢，爲俎孔碩。芬馨進聞，介我黍稷。所將以誠，茲用享德。

酌獻，《嘉安》

匏爵斯陳，百味旨酒。勺以獻之，再拜稽首。鐘鼓在列，靈方安留。眷然加薦，惟時之休。

亞、終獻，《文安》

禮罄沃盥，誠意肅將。包茅是縮，冀畢重觴。焕矣情文，既具醉止。熙事備誠，靈其有喜。

送神，《禮安》

羲和駕兮，其容杲杲。將安之兮？言歸黄道。光赫萬物，無古無今。人君之表，咸仰照臨。

《宋史》卷一三三《樂志》，第3119—3121頁

夕月十首

降神，《高安》

圜鐘爲宫　金行告遒，玉律分秋。禮蕆西郊，毖祀聿修。精意潛達，永孚于休。神之聽之，爰格飆斿。

黄鐘爲角　時維秋仲，夜寂天清。實嚴姊事，用答陰靈。壇壝斯設，黍稷惟馨。雲車來下，庶歆厥誠。

太簇爲徵　溯日著明，麗天作配。潔誠以祠，禮行肅拜。光凝冕服，氣肅環珮。庶幾昭格，祇而不懈。

姑洗爲羽　穆穆流輝，太陰之精。盈虧靡忒，寒暑以均。克禋克祀，揆日涓辰。牲碩酒旨，來燕來寧。

升殿，《正安》

猗歟崇基，右平左墄。祇率典常，届兹秋夕。陟降惟寅，威儀抑抑。神其鑒觀，穰簡是集。

奠玉幣，《嘉安》

少采陳儀，實曰坎祭。禮備樂舉，嚴恭將事。于以奠之，嘉玉量幣。神兮昭受，陰騭萬彙。

奉俎，《豐安》

穀旦其差，有牲在滌。工祝致告，爲俎孔碩。肸蠁是期，祚我明德。備兹孝欽，式和民則。

酌獻，《嘉安》

白藏在序，享惟其時。躬即明壇，禮惟載祗。斟以瑶爵，神靈燕娭。歆馨顧德，錫我蕃釐。

亞、終獻，《文安》

肅雍嚴祀，聖治昭彰。清酒既載，或肆或將。禮匝三獻，終然允臧。神具醉止，其樂且康。

送神，《理安》

歌奏云闋，式禮莫愆。以我齊明，罄其吉蠲。神保聿歸，降康自天。蘿圖永固，億萬斯年。

《宋史》卷一三三《樂志》，第3121—3122頁

熙寧以後祀高禖六首

降神，《高安》六變

容臺講禮，禖宫立祠。司分届後，帶韣陳儀。嘉祥萃止，靈馭來思。皇支蕃衍，永固邦基。

升降，《正安》

郊禖之應，肇自生商。誕膺寶命，濬發其祥。天材蕃衍，德稱君王。本支萬世，與天無疆。

奠玉幣，《嘉安》

昔帝高辛，先禖肇祀。爰揆仲陽，式祈嘉祉。陳之犧牲，授以弓矢。敷祐皇宗，施于孫子。

酌獻，《祐安》

昭薦精衷，靈承端命。青帝顧懷，神禖儲慶。祚以蕃昌，協于熙盛。螽斯衆多，流於雅詠。

亞、終獻，《文安》

赫赫高禖，萬世所祀。其德不回，錫兹福祉。蕃衍椒聊，和平芣苢。傳類降康，世濟其美。

送神，《理安》

禮奠蠲衷，祭儀竣事。丕擁靈休，蕃衍皇嗣。《宋史》卷一三三《樂志》，第 3122—3123 頁

紹興祀高禖十首

降神，《高安》

圜鐘爲宫　聿分春氣，施生在時。禖宫肇啓，精意以祠。禮儀告備，神其格思！厥靈有赫，錫我繁鼇。

黄鐘爲角　眷此尊祀，實惟仲春。青圭束帛，克祀克禋。庶蒙嘉惠，嗣續詵詵。神之降鑒，雲車來臻。

太簇爲徵　猗歟禖宫，祀典所貴。粤自艱難，禮或弗備。以迄于今，始建壇壝。願戒雲車，歆此誠意。

姑洗爲羽　春氣肇分，萬類滋榮。惟此祀事，皆象發生。求神以類，式昭至誠。庶幾來格，子孫繩繩。

升壇，《正安》

有奕禖宫，在國之南。壇壝既設，威儀孔嚴。登祀濟濟，神兮顧瞻。佑我皇祚，宜百斯男。

奠玉幣，《嘉安》

青律載陽，有鳦頡頏。祈我繁祉，立子生商。三牲既薦，玉帛是將。克禋克祀，有嘉其祥。

奉俎，《豐安》

祗祓禖壇，潔蠲羊豕。博碩肥腯，爰具牲醴。執事駿奔，肅將俎几。神其顧歆，永錫多子。

青帝位酌獻，《祐安》伏羲、高辛酌獻并同

瑞鳦至止，祀事孔時。酌以清酒，裸獻載祗。神具醉止，介我蕃禧。乃占吉夢，維熊維羆。

亞、終獻，《文安》

中春涓吉，蕆事禖祠。禮備樂作，籩豆孔時。貳觴畢舉，薦獻無違。庶幾神惠，祥啓熊羆。

送神，《理安》

嘉薦令芳，有嚴禋祀。神來燕娭，亦即醉止。風馭言還，栗然欻起。以祓以除，錫我蕃祉。

《宋史》卷一三三《樂志》，第3123—3124頁

景德祀九宮貴神三首

降神，《高安》

倬彼垂象，照臨下土。躔次運行，功德周普。九宮既位，惟德是輔。神之至上，皇皇斯睹。

奠玉幣，酌獻，《嘉安》

靈禋既肅，明神既秩。在國之東，協日之吉。升歌有儀，六變中律。懷和萬靈，降茲陰騭。

送神，《高安》

祇薦有常，惟神無方。回飆整馭，垂休降祥。

《宋史》卷一三三《樂志》，第3125頁

卷一一　宋郊廟歌辭一一

元祐祀九宫貴神二首

降神，《景安》六變

上天貴神，九宫設位。功德及物，乃秩明祀。望拜紫壇，赫然靈氣。奠玉薦幣，歆之無愧。

送神，《景安》

天之貴神，推移九宫。厥位靡常，降康則同。來集于壇，顧歆恪恭。歌以送之，飆静旋穹。

《宋史》卷一三三《樂志》，第3125頁

紹興祀九宫貴神十首

元脱脱《宋史·樂志》曰：「（紹興）十有三年，郊祀……其樂工，詔依太常寺所請，選擇行止畏謹之人，合登歌、宫架凡用四百四十人，同日分詣太社、太稷、九宫貴神。每祭各用樂正二人，執色樂工、掌事、掌器三十六人，三祭共一百一十四人。文舞、武舞計用一百二十八人，就以文舞番充。其二舞引頭二十四人，皆召募補之。」①

降神，《景安》

圜鐘爲宫　紫闕幽宏，惟神靈尊。輔成泰元，贊役乃坤。曰雨曰暘，緼豫調紛。享薦隕光，蒙祉如屯。

黄鐘爲角　載陽衍德，農祥孔昭。賚兹元嘏，穰穰黍苗。象輿眇冥，金奏遠姚。無閟厥靈，丹衷匪恌。

太簇爲徵　於赫九宫，天神之貴。煌煌彪列，下土是莅。幽贊高穹，陰騭萬類。肅若舊典，有嚴祇事。

姑洗爲羽　練時吉良，聿崇明祀。粢盛潔豐，牲碩酒旨。肅唱和聲，來燕來止。嘉承天休，賚

① 《宋史》卷一三〇，第3031—3032頁。

及含齒。

初獻升壇，《正安》

於昭毖祀，周旋有容。曆階將事，趨進鞠躬。改步如初，没階彌恭。左墄右平，陟降雍雍。

太一位奠玉幣，《嘉安》

煌煌九宫，照臨下土。陰騭庶類，功施周普。恪修祀典，禮備樂舉。嘉玉量幣，馨非稷黍。

攝提、權星、招摇、天符、青龍、咸池、太陰、天乙位，樂曲并同。

奉俎，《豐安》

靈鑒匪遠，誠心肅祇。是烝是享，俎實孔時。禮行樂奏，肸蠁是期。雲車風馬，神其燕娭。

太一位酌獻，《嘉安》

惟天丕冒，彪列九神。財成元化，陰騭下民。有酒斯旨，登薦苾芬。昭哉降鑒，茀禄來臻。

九位并同。

亞、終獻，《文安》

均調大化，陰騭下民。駿功有赫，誕舉明禋。嘉觴中貳，執事惟寅。清明旣矣，福禄攸臻。

送神，《景安》

薦獻有序，降登無違。禮樂備舉，昭格燕娭。雲車縹緲，神曰還歸。報以景貺，翊我昌期。

《宋史》卷一三三《樂志》，第3125—3127頁

建隆以來祀享太廟一十六首

元脱脱《宋史·樂志》曰：「(建隆元年)五月，有司上言：『僖祖文獻皇帝室奏《大善之舞》，順祖惠元皇帝室奏《大寧之舞》，翼祖簡恭皇帝室奏《大順之舞》，宣祖昭武皇帝室奏《大慶之舞》。』從之。」①又曰：「(乾德)六年，(和)峴又言：『漢朝獲天馬、赤雁、神鼎、白麟

① 《宋史》卷一二六，第2940頁。

之瑞，并爲郊歌。國朝，合州進瑞木成文，馴象由遠方自至，秦州獲白烏，黄州獲白雀，并合播在筦弦，薦於郊廟。』詔峴作《瑞文》《馴象》《玉烏》《皓雀》四瑞樂章，以備登歌。未幾，峴復言：『按《開元禮》，郊祀，車駕還宫入嘉德門，奏《采茨之樂》；入太極門，奏《太和之樂》。今郊祀禮畢，登樓肆赦，然後還宫，宫懸但用《隆安》，不用《采茨》。其《隆安》樂章本是御殿之辭，伏詳《禮》意，《隆安之樂》自内而出，《采茨之樂》自外而入，若不并用，有失舊典。今大樂署丞王光裕誦得唐日《采茨曲》，望依月律别撰其辭，每郊祀畢，車駕初入，奏之。御樓禮畢還宫，即奏《隆安之樂》。』并從之。」①按，《全宋文》有和峴《請作祥瑞之曲奏》（乾德六年十月）、《郊祀還宫用樂奏》（乾德六年十月）二文，與此同。又，《禧安》亦見楊億《武夷新集》卷五《太常樂章三十首》。又，楊億《太常樂章三十首》有《迎武舞入奏武功之曲》，詩曰：「已象文治，乃觀武成，總干山立，七德以貞。」②其首二句見此詩亞獻用《正安》，第三句見此詩終獻用《正安》。

---

① 《宋史》卷一二六，第 2942—2943 頁。

② ［宋］楊億《武夷新集》卷五，景印文淵閣四庫全書，册 1086，臺灣商務印書館，1986 年版，第 407 頁。

迎神，《禮安》

肅肅清廟，奉祠來詣。格思之靈，如在之祭。克謹威儀，載嚴容衛。降福孔皆，以克永世。

皇帝行，《隆安》

工祝升階，賓尸在位。祇達孝思，允修毖祀。顯相有儀，克恭乃事。儼恪其容，通此精意。

奠瓚用《瑞木》

木符啓瑞，著象成文。於昭大號，協應明君。靈命有屬，鴻禧洞分。歌以升薦，休嘉洽聞。

又《馴象》

嘉彼馴象，來歸帝鄉。南州毓質，中區效祥。仁格巨獸，德柔遐荒。有感斯應，神化無方。

又《玉烏》

素烏爰止，淳精允臧。名符瑞牒，色應金方。潔白容與，翹英奮揚。孝思攸感，皇德逾張。

奉俎，《豐安》

維犧維牲，以炰以烹。植其鞉鼓，潔彼鉶羹。孔碩玆俎，於穆厥聲。肅雍顯相，福禄來成。

酌獻僖祖室，《大善》

湯湯洪河，經啓長源。鬱鬱嘉木，挺生本根。大哉崇基，出乎慶門。發祥垂裕，永世貽孫。

順祖室，《大寧》

元鍾九千，生於仲吕。崇臺九層，起於累土。赫日之升，明夷爲主。孝孫作帝，式由祖武。

翼祖室，《大順》

明明我祖，積德攸宜。肇繼瓜瓞，將隆本支。爰資慶緒，式昭帝基。於穆清廟，永洽重熙。

宣祖室，《大慶》

艱難積行，綿長鍾慶。同人之時，得主乃定。既叙宗祧，乃修舞詠。經武開先，永昭丕命。

太祖室，《大定》

猗歟太祖，受命于天！化行區宇，功溢簡編。武威震耀，文德昭宣。開基垂統，億萬斯年。

太宗室，《大盛》

赫赫皇運，明明太宗。四隩咸暨，一變時雍。睿文炳焕，聖備温恭。千齡萬祀，永播笙鏞。

飲福，《禧安》

嘉粟旨酒，博腯牲牷。神鑒孔昭，享兹吉蠲。夙夜毖祀，孝以奉先。永錫純嘏，功格於天。

亞獻，《正安》

已象文治，乃觀武成。進退可度，威儀克明。

終獻，《正安》

《常武》徂征，詩人所稱。總干山立，厥象伊凝。

徹豆，《豐安》

肥腯之牲，既析既薦。鬱鬯之酒，已酌已獻。祝辭亦陳，和奏斯遍。享禮具舉，徹其有踐。

《宋史》卷一三四《樂志》，第3129—3131頁

攝事十三首

按，此詩自《理安》至《大盛》十首亦見楊億《武夷新集》卷五《太常樂章三十首》，其二《正安》，《武夷新集》題作《隆安》，辭同。其三《瑞安》，《武夷新集》題作《瑞文》，辭同。餘八首題辭皆同。然儀軌程式頗異，故録楊作於此詩後。

降神，《理安》

肅肅清廟，昭事祖禰。粢盛苾芬，四海來祭。皇靈格思，令容有睟。降福孔偕，以克永世。

太尉行,《正安》

祼鬯溥將,賓尸在位。帝德升聞,孝思光被。公卿庶正,傅御師氏。至誠感神,福禄來暨。

奠瓚,《瑞安》

淳清育物,瑞木成文。元氣陶冶,非烟郁氛。玄貺昭格,至和所熏。登歌祼獻,肸蠁如聞。

奉俎,《豐安》

麗碑割牲,以炰以烹。博碩肥腯,薦羞神明。祖考來格,享于克誠。如聞謦咳,式燕以寧。

酌獻僖祖室,《大善》

肅肅藝祖,肇基鴻源。權輿光大,燕翼貽孫。載祀惟永,慶流後昆。威靈在天,顧我思存。

順祖室,《大寧》

思文聖祖,長發其祥。錫羨蕃衍,德厚流光。眷命自天,卜世聿昌。祗肅孝享,降福無疆。

翼祖室，《大順》

明明我祖，積德累仁。居晦匿曜，邁種惟勤。帝圖天錫，輝光日新。寢廟繹繹，昭事同寅。

宣祖室，《大慶》

洸洸我祖，時惟鷹揚。潛德弗耀，發源靈長。肆類配天，永思不忘。來顧來享，百福是將。

太祖室，《大定》

赫赫太祖，受命于天。赤符啓運，威加八埏。神武戡難，功無間然。翼翼丕承，億萬斯年。

太宗室，《大盛》

穆穆太宗，與天合德。昧旦丕顯，乾乾翼翼。敷佑下民，時帝之力。永懷聖神，孝思罔極。

真宗室，《大明》

煌煌真宗，善繼善承。經武耀德，臻于治平。封祀禮樂，丕昭鴻名。陟配文廟，皇圖永寧。

徹豆，《豐安》

鼎俎既陳，豆籩既設。金石在庭，工師就列。備物有嚴，著誠致潔。孝惟時思，禮以《雍》徹。

送神，《理安》

神之來兮風肅然，神之去兮升九天。排凌兢兮還恍惚，羽旄紛兮蕭燔烟。《宋史》卷一三四《樂志》，第3131—3133頁

太常樂章三十首

楊　億

題注曰：「奉聖旨撰，咸平五年。」

皇帝南郊前一日朝饗太廟，奏《理安》曲迎神

肅肅清廟，昭事祖禰。粢盛苾芬，四海來祭。皇靈格思，令容有晬。降福孔偕，以克永世。

皇帝行，奏《隆安》之曲

祼鬯溥將，賓尸在位。玄德升聞，孝思光被。公卿庶政，傅御師氏。至誠感神，福禄來暨。

皇帝奠幣，奏《瑞文》之曲

淳精育物，瑞木成文。元氣陶冶，非烟郁紛。玄貺昭格，至和所薰。登歌祼獻，肹蠁如聞。

迎俎，奏《豐安》之曲

麗碑割牲，以炰以烹。博碩肥腯，薦羞神明。祖考來格，享于克誠。如聞謦欬，式燕以寧。

皇帝酌獻第一室，奏《大善》之舞曲

肅肅藝祖，肇基洪源。權輿光大，燕翼貽孫。載祀惟永，慶流後昆。威靈在天，顧我司存。

酌獻第二室，奏《大寧》之舞曲

文思聖祖，長發其祥。錫羡蕃衍，德厚流光。眷命自天，卜世聿昌。肅祇孝享，降福無疆。

酌獻第三室，奏《大順》之舞曲

明明我祖，積德累仁。居晦匿曜，邁種惟勤。帝圖天錫，輝光日新。寢廟繹繹，昭事同寅。

酌獻第四室，奏《大慶》之舞曲

洸洸我祖，時惟鷹揚。潛德弗耀，發源靈長。肆類配天，永思不忘。來顧來享，百福是將。

酌獻第五室，奏《大定》之舞曲

赫赫太祖，受命于天。赤符啓運，威加八埏。神武戡難，功無間然。翼翼丕承，億萬斯年。

酌獻第六室，奏《大盛》之舞曲

穆穆太宗，與天合德。昧旦丕顯，乾乾翼翼。敷佑下民，時帝之力。永懷聖神，孝思罔極。

皇帝飲福酒，奏《禧安》之曲

嘉栗旨酒，博腯牲牷。神鑒孔昭，享兹吉蠲。夙夜毖祀，孝以奉先。永錫純嘏，功格於天。

退文舞出，奏《正安》之曲

左手執籥，右手秉翟。進旅退旅，萬舞有翼。

迎武舞入，奏《武功》之曲

已象文治，乃觀武成。總干山立，七德以貞。

亞獻、終獻送神，并奏《理安》之曲

神之來兮風肅然，神之去兮升九天。排淩兢兮還恍惚，羽旄紛兮蕭薌燔。

南郊降神，奏《高安》之曲

爰卜吉土，在國之陽。肆類于帝，錫羡無疆。備物致享，嘉生阜昌。純嘏昭答，長發其祥。

皇帝行，奏《隆安》之曲

禮備樂成，乾健天行。帝容有穆，佩玉鏘鳴。

皇帝奠玉幣，奏《隆安》之曲

定位毖祀，告于神明。嘉玉量幣，享于克誠。

迎俎，奏《豐安》之曲

有牲斯純，有俎斯陳。柔嘉登薦，昭事惟寅。

初獻，奏《禧安》之曲

大報于帝，玄德升聞。醴齊良潔，粢盛苾芬。

皇帝飲福酒，奏《禧安》之曲

祀帝圜丘，九州獻力。禮行于郊，百神受職。靈祇格思，享我明德。天鑒孔彰，玄祉昭錫。

皇帝回仗乾元殿，奏《采茨》之曲

禮成于郊，迎日之至。時乘六龍，天旋象魏。端門九重，虎賁萬騎。四夷來王，群后輯瑞。

皇帝御殿迎升御座，奏《隆安》之曲

金奏在懸，群后在位。天威煌煌，黼明負扆。玄覽穆清，弁冕端委。盛德日新，禮容有煒。

引群官，作《正安》之曲

萬邦來同，九賓在位。奉璋薦紳，陟降庭止。文思安安，威儀棣棣。臣哉鄰哉，介爾蕃祉。

皇帝正冬御殿

文舞第一

八佾具陳，萬邦有奕。既以象功，又以觀德。進旅退旅，執籥秉翟。玄化懷柔，遠人來格。

第二

閶闔天開，群后在位。設業設虡，庭燎晰晰。斧扆當陽，虎賁夾陛。舞之蹈之，四隩來暨。

武舞第一

武功既成，綴兆有翼。以節八音，以象七德。俁俁蹲蹲，朱干玉戚。發揚蹈厲，其儀不忒。

第二

偃伯靈臺，功成作樂。以昭德容，以清戎索。萬邦會同，群慝籥勺。盡善盡美，侔彼《韶箾》。

皇帝南郊回御樓將索扇，奏《隆安》之曲

應門有翼，羽衛斯陳。山龍袞冕，律度聲身。峩峩奉璋，肅肅九賓。清明在躬，志氣如神。

皇帝御樓，奏《隆安》之曲

圜丘類上帝，六變降天神。禋燔禮云畢，使衛肅以陳。天顔瞻咫尺，王澤熙陽春。玉帛臻禹會，動植沾堯仁。

皇帝御樓畢，奏《隆安》之曲

肆類云畢，淳熙溥將。雷雨麗澤，雲物效祥。禮容濟濟，天威煌煌。大賚四海，富壽無彊。

《武夷新集》卷五，景印文淵閣四庫全書，册 1086，第 406—409 頁

卷一二　宋郊廟歌辭一二

真宗御製二首

元脱脱《宋史·樂志》曰："（大中祥符）五年……上又取太宗所撰《萬國朝天曲》曰《同和之舞》，《平晉曲》曰《定功之舞》，親作樂辭，奏于郊廟。"①

奠瓚用《萬國朝天》

鴻源濬發，睿圖誕彰。高明錫羨，累洽延祥。巍巍藝祖，溥率賓王。煌煌文考，區宇大康。珍符昭顯，寶曆綿長。物性茂遂，民俗阜昌。甫田多稼，禾黍穰穰。含生嘉育，鳥獸蹌蹌。八紘統域，九服要荒。沐浴惠澤，祇畏典常。隔谷分壤，望斗辨方。并襲冠帶，來奉圭璋。峨峨雙

① 《宋史》卷一二六，第2947頁。

闕，濟濟明堂。諸侯執帛，天后當陽。何以辨等？衮衣綉裳。何以褒德？輅車乘黃。聲明煥赫，雅頌汪洋。啓茲丕緒，祐我無疆。大統斯集，大樂斯揚。俯隆宗祏，仰繼穹蒼。

亞獻、終獻用《平晉樂》

五代衰替，六合攜離。封疆竊據，兵甲競馳。天顧黎獻，塗炭可悲。帝啓靈命，濬哲應期。皇祖丕變，金鉞俄麾。率土執贄，獷俗來儀。瞻彼大鹵，竊此餘基。獨迷文告，莫畏天威。神宗繼統，璿圖有輝。尚安蠢爾，罔懷格思。六飛夙駕，萬旅奉辭。徯來發詠，不陣行師。雲旗先路，壺漿塞岐。天臨日照，宸慮通微。前歌後舞，人心悦隨。要領自得，智力何施。風移僭冒，政治淳熙。書文混一，盛德咸宜。干戈倒載，振振言歸。誕昭七德，永定九圍。《宋史》卷一三四《樂志》，第3133—3134頁

真宗告饗六首

元脱脱《宋史・樂志》曰：「（大中祥符元年）九月……時以將行封禪，詔改酌獻昊天上帝《禧安之樂》爲《封安》，皇地祇《禧安之樂》爲《禪安》，飲福《禧安之樂》爲《祺安》，別製天

書樂章《瑞安》《靈文》二曲，每親行禮用之。」①

告受天書，《瑞安》

寶命自天，鴻禧錫祚。昭晰緑文，氤氳黄素。玄感荐彰，靈休誕布。寅奉珍符，聿懷永慕。

太祖、太宗加上尊謚，《顯安》

報貺陟封，聿昭典禮。讓德穹厚，歸功祖禰。丕顯尊稱，盡善盡美。寅威孝思，以介蕃祉。

東封畢，躬謝酌獻，《封安》

奕奕清廟，錫羡詒謀。升中神嶽，顯允皇猷。歸格藝祖，昭報靈休。奉先追遠，盛德益修。

① 《宋史》卷一三六，第 2946 頁。

祀汾陰畢，躬謝酌獻，《顯安》

於昭列聖，休德清明。威靈如在，享于克誠。報功厚載，馨薦惟精。歸格歆至，禮備樂成。

聖祖降，親告，《瑞安》

於赫聖祖，景靈在天。神游來暨，睟容穆然。誨言昭示，帝胄開先。齊明欽若，延鴻億年。

六室加謚，《顯安》

欽崇太霄，肅奉徽册。大禮克誠，鴻猷有赫。令芳爰薦，明靈斯格。昭謝垂祥，永懷何極。

《宋史》卷一三四《樂志》，第3134—3135頁

景祐親享太廟二首

元脱脱《宋史・樂志》曰：「(景祐元年)帝乃親製樂曲，以夾鍾之宫、黄鍾之角、太簇之徵、姑洗之羽，作《景安之曲》，以祀昊天。……以黄鍾之宫、大吕之角、太簇之徵、應鍾之羽

作《興安》，以獻宗廟，罷舊《理安之曲》。《景安》《興安》惟乘輿親行則用之。」①

迎神，《興安》

追養奉先，納孝練主。金奏鳳鳴，《關雎》樂舞。奠鬯恭神，肥腯展俎。積慶聰明，降景寰宇。

酌獻真宗室，《大明》

於穆真皇，宅心道粹。和戎偃革，焕乎文治。操瑞拜圖，封天祀地。盛德爲宗，烝嘗萬世。

《宋史》卷一三四《樂志》，第 3135 頁

至和祫享三首

迎神，《興安》

濡露降霜，永懷孝思。祫食諦叙，再閏之期。歌德詠功，八音播之。歆神惟始，靈其格兹。

---

①《宋史》卷一二六，第 2954 頁。

奠瓚，《嘉安》

昭穆親祖，自室徂堂。禮備樂成，肅然祼將。瑟瓚黃流，條鬯芬芳。氣達淵泉，神乎來享。

送神，《興安》

四祖基慶，三后在天。薦侑備成，靈娭其旋。孝孫應嘏，受福永年。送之懷之，明發惻然。

《宋史》卷一三四《樂志》，第3135頁

嘉祐祫享二首

元脱脱《宋史・樂志》曰：「（至和）四年九月，御製祫享樂舞名……迎神、送神奏《懷安》。」①

①《宋史》卷一二七，第2970頁。

迎神，《懷安》

躬兹孝享，禮備樂成。神登于俎，祝導于祊。展牲肥腯，奏格和平。靈其昭格，肅僾凝情。

送神，《懷安》

靈神歸止，光景肅然。福祥裕世，明威在天。孝孫有慶，駿烈推先。佑兹基緒，彌萬斯年。

《宋史》卷一三四《樂志》，第3136頁

太廟

皇帝降殿登歌作，用《乾安》之曲

大享合宫，於禮莫盛。入太室祼，遍於列聖。陟降有儀，一主乎敬。祀事孔明，邦家之慶。

《全宋詩》卷三七三五，册71，第45030頁

祫饗太廟

僖祖室，用《大基》嘉祐四年，諸臣撰十五曲

猗我僖祖，德潛而充。慶之所基，日茂以崇。施及後嗣，天命有融。廟歌載之，播于無窮。

順祖室，用《大祚》

皇矣烈祖，次于僖宫。燕貽憑厚，德遠而隆。尊昭綴穆，合食惟豐。孝孫奠爵，福嘏來同。

翼祖室，用《大熙》

清廟有嚴，觀德惟祖。祫典時修，親尊并序。以祼以獻，禮交樂舉。靈其醉止，篤我純祐。

宣宗室，用《大光》

洪緒載德，盛際講儀。精崇祫事，恭展孝思。肸蠁錫羡，齊莊受釐。猗歟馨烈，垂貺本支。

太祖室，用《大統》

景炎啓旦，寶系開基。登俎如在，縮鬯有儀。明靈昭格，孝饗肅祇。福茨綿瓞，𡋻宇均禧。

太宗室，用《大昌》

明明聖宗，大定區宇。永懷奉先，闕禮兹舉。惟德是馨，冀格我祖。萬嗣其昌，繄神之祐。

真宗室，用《大治》

皇皇在宥，品物由庚。文教純被，武功告成。流頌樂府，擁休宗祊。帝奉祼瓚，欽哉孝誠。

皇帝升降，用《肅安》

赫赫閟宮，肇親合食。玉步徊翔，大姿嚴翼。洗奠交舉，堂除并飭。禮賓無違，神其昭格。

奠瓚，用《順安》

瑟彼良玉，薦於明靈。宸襟蠲潔，鬱鬯芬馨。牲牢在俎，金石在庭。莫重者祼，慈嘏來寧。

奉俎，用《克安》

嘉牲在俎，廣樂在庭。其所將者，曰躬曰誠。神兮來歆，以安以寧。以錫壽嘏，惟皇是膺。

飲福，用《禧安》

鋪昭典禮，誕合神靈。饗通純孝，治感至馨。鬱香既祼，聖酒來寧。膺茲福禄，萬壽益齡。

亞獻、終獻，用《祐安》

禮備樂成，祖考來格。有嚴有翼，天子孝德。臣工在庭，罔不祗飭。玉爵之華，執如弗克。

退文舞、進武舞，用《顯安》

樂統大安，舞昭盛德。合奏允諧，孔容有翼。秉翟言竣，總干是力。籥勺之仁，參和萬國。

徹豆，用《克安》

靈其顧思，降福來萃。天子受之，餕爾在位。神既享矣，福既均矣。豆斯徹矣，禮之成矣。

皇帝歸次，用《定安》

帝還于次，佩玉其徐。帝色不渝，罔解如初。凡百府司，各祗乃位。敢不肅恭，以訖爾事。

《全宋詩》卷三七三五，册71，第45030—45031頁

熙寧以後享廟五首

酌獻英宗室，《大英》

在宋五世，天子嗣昌。躬發英斷，若乾之剛。聲容沄沄，被於八荒。垂千萬年，永烈有光。

送神，《興安》

鍾鼓惟旅，籩豆孔時。衎我祖宗，既右享之。神亟來止，孝孫之喜。神保聿歸，孝孫之思。

禘祫孟享、臘享，宗正卿升殿，《正安》

進退有容，服章有儀。匪亟匪遲，降登孔時。

祫享仁宗，《大和》

於穆仁廟，聖澤滂流。華夷用乂，動植蒙休。徽名冠古，奕世垂謀。帝躬祼獻，盛典昭修。

英宗，《大康》

赫赫英皇，總提邦紀。濬發神功，恢張聖理。仙馭雖遥，鴻徽不弭。永言孝思，竭誠躬祀。

《宋史》卷一三四《樂志》，第3136頁

饗太廟

趙鼎臣

按，詩題中「饗」字爲筆者所加。

酌獻僖祖室，《基命》之曲無射宫

宋之初基，受命于天。皇矣我祖，有開必先。奕奕清廟，是饗是宜。顧予烝嘗，曾孫思之。

亞、終獻，《正安》之曲無射宮

維皇蒸蒸，先祖是承。有虔辟公，來相來登。聲以五均，獻以三成。如式如幾，戩穀是膺。

《竹隱畸士集》卷一五，景印文淵閣四庫全書，册1124，第231—232頁

常祀五享三首

迎神，《興安》九變

奕奕清廟，昭穆定位。霜露增感，粢盛潔祭。神靈來格，福祉攸曁。追孝奉先，本支百世。

太尉奠瓚，《嘉安》

有秩時祀，匪怠匪瀆。有來宗工，載祗載肅。厥作祼將，流黄瓚玉。是享是宜，永綏多福。

送神,《興安》

皇祖皇考,配帝配天。駿奔顯相,神保言旋。祝以孝告,嘏以慈宣。去來永慕,宗事惟虔。

《宋史》卷一三四《樂志》,第3137頁

紹興以後時享二十五首

元脱脱《宋史·樂志》曰：「前一日，朝饗太廟，黄鍾爲宫，三奏，樂凡九成，歌《興安》，所用文武二舞與南郊同。僖祖廟用《基命之樂舞》，翼祖廟用《大順之樂舞》，宣祖廟用《天元之樂舞》，太祖廟用《皇武之樂舞》，太宗廟用《大定之樂舞》。真宗、仁宗廟樂舞曰《熙文》、曰《美成》，英宗、神宗廟樂舞曰《治隆》、曰《大明》，哲宗、徽宗、欽宗廟樂舞曰《重光》、曰《承元》、曰《端慶》，皆以無射宫奏之。」①按，《端慶》，清徐松《宋會要輯稿·樂六》作《瑞慶》。②《宋史·樂志》曰：「及高宗之喪……高宗廟昉奏《大德之樂舞》。」③又曰：「理宗享

① 《宋史》卷一三〇，第3035頁。
② 《宋會要輯稿》，册1，第445頁。
③ 《宋史》卷一三〇，第3045頁。

國四十餘年……先是，孝宗廟用《大倫之樂》，光宗廟用《大和之樂》；至是，寧宗祔廟，用《大安之樂》。」①樓鑰《攻媿集》卷四八有《孝宗皇帝祔廟樂章》，辭與「孝宗室，《大倫》」同。②

迎神，《興安》

黄鍾爲宫　奉先嚴祀，率禮大經。時思致享，肅薦芳馨。竭誠備物，樂奏和聲。真馭來止，熙事克成。

大吕爲角　聖靈在天，九關崇深。風馬雲車，紛其顧臨。擁祥儲休，昭答孝心。孝孫受祉，萬福是膺。

太簇爲徵　嘉承和平，秩祀爲先。乃練休辰，祝史告虔。内心齊明，祀具吉蠲。交際恍惚，如在後前。

應鍾爲羽　道信於神，神靈燕娭。酒有嘉德，物惟其時。緩節安歌，樂奏具宜。欣欣樂康，福

---

①《宋史》卷一三一，第 3050 頁。

②［宋］樓鑰《攻媿集》卷四八，景印文淵閣四庫全書，册 1152，臺灣商務印書館，1986 年版，第 772 頁。

禄綏之。

奉俎，《豐安》

王假有廟，子孫保光。奉牲以告，玉俎膏香。專精厲意，神其迪嘗。休承靈意，申錫無疆。

初獻盥洗，《正安》

恪恭祀典，涓選休成。設洗致潔，直于東榮。嘉觴祇薦，明德惟馨。祖考來格，享兹孝誠。

升殿，《正安》

冠佩雍容，時惟上公。享於清廟，陟降彌恭。籩豆静嘉，粢盛潔豐。孝孫有慶，萬福來同。

僖祖室酌獻，《基命》

於穆文獻，自天發祥。肇基明命，錫羡無疆。子孫千億，宗社靈長。神之格思，如在洋洋。

宣祖室酌獻,《天元》

天啓炎曆,集我大命。長發其祥,篤生上聖。夷亂芟荒,乾坤以定。時祀聿修,孝孫有慶。

太祖室酌獻,《皇武》

赫赫藝祖,受天明命。威加八紘,德垂累聖。祀事孔明,有嚴笙磬。對越在天,延休錫慶。

太宗室酌獻,《大定》

明明在上,時維太宗。允武允文,丕基紹隆。於肅清廟,昭報是豐。皇靈格思,福禄來同。

真宗室酌獻,《熙文》

於穆真皇,維烈有光。丕承二后,奄奠萬方。威加戎狄,道格穹蒼。歆時禋祀,降福無疆。

仁宗室酌獻,《美成》

至哉帝德,乃聖乃神!恭己南面,天下歸仁。歷年長久,垂裕後人。祀修舊典,寶命維新。

英宗室酌獻，《治隆》

炎基克鞏，赫赫英宗。紹休前烈，仁化彌隆。篤生聖子，堯湯比踪，烝嘗萬世，福禄來崇。

神宗室酌獻，《大明》

於昭神祖，運撫明昌。肇新百度，克配三王。遐荒厎績，聖武維揚。永言《執競》，上帝是皇。

哲宗室酌獻，《重光》

於皇濬哲，遹駿有聲。率時昭考，丕顯儀刑。功光大業，道協三靈。永綏厥後，來燕來寧。

徽宗室酌獻，《承元》

天錫神聖，徽柔懿恭。垂衣拱手，遵制揚功。配天立極，體道居中。佑我烈考，萬福攸同。

欽宗室，《端慶》

於皇欽宗，道備德宏。允恭允儉，克類克明。孝遵前烈，仁翊函生。歆茲肆祀，永燕宗祊。

高宗室，《大德》

於皇時宋，自天保定。高宗受之，再僕景命。紹開中興，翼善傳聖。何千萬年，永綏厥慶。

孝宗室，《大倫》

聖人之德，無加於孝。思皇孝宗，履行立教。始終純誠，非曰笑貌。於萬斯年，是則是效。

光宗室，《大和》

維宋洽熙，帝繼於理。萬姓厚生，三辰順軌。對時天休，以燕翼子。肅唱和聲，神其有喜。

文舞退、武舞進，《正安》

肅肅清廟，於顯維德。我祀孔時，我奏有翼。秉翟載駿，有來干戚。神之燕娭，休祥允格。

亞、終獻，《文安》

觀德宗祏，奕世烈光。有嚴祀典，粤循舊章。樂諧九變，獻舉重觴。燕娭如在，戩穀穰穰。

徹豆，《恭安》

禮備樂成，物稱誠竭。相維辟公，神人以説。歌《雍》一章，諸宰斯徹。天子萬年，無競維烈。

送神，《興安》

霜露既降，時思展禋。在天之御，眷然顧歆。樂成禮備，言歸靡停。既安既樂，福禄來成。

《宋史》卷一三四《樂志》，第3137—3140頁

祫享八首

迎神，《興安》

黄鍾宫　時維孟冬，霜露既零。合食盛禮，以時以行。孝心翼翼，惟神來寧。肅倡斯舉，神具

是聽。

大吕角　於穆孝思，嘉薦維時。誠通兹格，咸來燕娭。神之聽之，申錫蕃釐。於萬斯年，永保丕基。

太簇徵　於昭孝治，通乎神明。寒暑不忒，熙事備成。牲牷孔碩，黍稷惟馨。以享以祀，來燕來寧。

應鍾羽　苾芬孝祀，薦灌肅雍。致力於神，明信咸通。靈之妥留，惠我龐鴻。廣被萬寓，福禄攸同。

初獻順祖，酌獻，《大寧》

於赫皇祖，濬發其祥。德盛流遠，奕世彌昌。孝孫有慶，嘉薦令芳。神保是享，錫羡無疆。

翼祖酌獻，《興安》

上天眷命，佑我丕基。翼翼皇祖，不耀其輝。積厚流長，福禄攸宜。祀事孔時，曾孫篤之。

光宗室酌獻，《大承》

於皇光宗，握符御極。昭哉嗣服，惟仁與德！勤施於民，靡有暇逸。萬年之思，永奠宗祏。

送神，《興安》

合祭大事，因時發天。翼翼孝思，三獻禮虔。神兮樂康，飆馭言旋。永神後人，於千萬年。

《宋史》卷一三四《樂志》，第3140—3142頁

上仁宗、英宗徽號一首

元脱脱《宋史·禮志》曰：「神宗元豐六年五月，改加上尊謚作奉上徽號。十一月二日，奉上仁宗徽號曰體天法道極功全德神文聖武睿哲明孝皇帝，又上英宗徽號曰體乾膺曆隆功盛德憲文肅武睿神宣孝皇帝。」①

① 《宋史》卷一〇八，第2606頁。

入門升殿，《顯安》

於穆仁祖，寵綏萬方。執競英考，迄用成康。圖徽寶册，有烈其光。庶幾億載，與天無疆。

《宋史》卷一三四《樂志》，第3142頁

上英宗尊號一首

清徐松《宋會要輯稿·樂七》注曰：「治平四年有司撰，一曲。」①

入門，《正安》

在宋五世，天子神明。群公奉册，乃揚鴻名。金書煌煌，遹昭厥成。思皇多祜，與天同聲。

《宋史》卷一三四《樂志》，第3142頁

① 《宋會要輯稿》，册1，第454頁。

增上神宗徽號一首 哲宗朝製

元脱脱《宋史·禮志》曰：「哲宗紹聖二年正月，帝謂輔臣曰：『祖宗謚號，各加至十六字。神宗皇帝今止初謚，尚未增加，宜考求典故以聞。』宰臣章惇等對曰：『祖宗加謚，歲月不定。真廟初加八字，是天聖二年。今神宗（附）〔祔〕廟已十年，故事加徽號必在南郊前，謹如聖旨討閱以聞。』四月二十七日，詔加上神宗皇帝徽號，於大禮前三日行禮。九月十六日，奉上册寶曰神宗紹天法古運德建功英文烈武欽仁聖孝皇帝。」①

升殿，《顯安》

於惟禰廟，乃聖乃神。秉文之士，作起惟新。建宫稽古，一視同仁。庶幾備號，以享天人。

《宋史》卷一三四《樂志》，第3142頁

① 《宋史》卷一〇八，第2606—2607頁。

紹興十四年奉上徽宗册寶三首

元脱脱《宋史・樂志》曰：「（紹興十四年）是歲，始上徽宗徽號，特製《顯安之樂》。……《顯安》以無射、夾鍾爲宫，周大司樂饗先王，奏無射而歌夾鍾，『夾鍾之六五，上生無射之上九。夾鍾，卯之氣，二月建焉，而辰在降婁；無射，戌之氣，九月建焉，而辰在大火』。無射，陽律之終，夾鍾實爲之合，蓋取其相親合而萃祖考之精神于假廟也。」①

册寶入門，《顯安》

於鑠徽考，如天莫名。迨兹丕揚，擬純粹精。温玉鏤文，來至于祊。有嚴奕奕，禮備樂成。

① 《宋史》卷一三〇，第3033頁。

册寶升殿，《顯安》

金字煌煌，瑶光燦燦。群工奉之，登此寶殿。對越祖宗，式遵成憲。威靈在天，來止來燕。

上徽號，《顯安》

惟精惟一，乃聖乃神。鴻名克揚，茂實斯賓。如禹之功，如堯之仁。孝思永慕，用詔無垠。

《宋史》卷一三四《樂志》，第3142—3143頁

淳熙二年上高宗徽號

元脱脱《宋史·孝宗本紀》：「（淳熙二年）壬午，詣德壽宫，加上光堯壽聖憲天體道太上皇帝尊號曰光堯壽聖憲天體道性仁誠德經武緯文太上皇帝，壽聖明慈太上皇后尊號曰壽聖齊明廣慈太上皇后。」①清徐松《中興禮書》有《淳熙二年加上光（壽）堯壽聖憲天體道性仁誠

① 《宋史》卷三四，第660頁。

德經武緯文太上皇帝壽聖齊明廣慈太上皇后册寶畢慶壽》，于《太上皇帝出宫升御座》前有《正宫導引》，見鼓吹曲辭《淳熙發太上皇帝、太上皇后册寶一首》。① 按，詩題爲筆者所加。

太上皇帝出宫升御座降御座樂曲同

天行惟健，天步惟安。聖子中立，以工四環。民無能名，威不違顔。宋德宜頌，漢儀可删。

太傅奉太上皇帝册升殿奉寶升殿樂曲同

天畀遐福，允彰父慈。維昔曠典，我龍舉之。徐爾陟降，敬爾威儀。申錫無疆，永言保之。

太傅奉太上皇后册寶升殿

乾健坤從，陽剛陰相。迨兹受祉，允也并貺。簴業在下，儀物在上。咨時三公，執事無曠。

① 《中興禮書》卷一六〇，續修四庫全書，册822，第548頁。

文德殿發册寶曲名與紹興十三年同

皇帝升御座

赫赫惟皇，如日之光。肅肅惟后，如月之常。禮行一時，明照無疆。天子莅止，疇敢不莊。

使副入門

卜月維良，練辰斯臧。以工在廷，劍珮瑲瑲。來汝疑丞，明命是將。有叔其儀，無或迨遑。

使副奉册寶出門

刻簡以珉，鑄寶以金。持節伊誰，時維四鄰。自我文德，達之穆清。委蛇委蛇，往迄于成。

皇帝降御座

册行何歸，于門東偏。禮備樂成，合扇鳴鞭。皇帝舉玉趾，如天之旋。燕及家邦，億萬斯年。

穆清殿受册寶曲名與紹興十三年同

皇后出閤

椒塗蘭馭，河潤山容。副笄在首，褘衣被躬。静女其姝，實翼實從。自彼西閤，聿來殿中。

册寶入門

德隆位尊，禮厚文縟。乃篆斯金，乃鏤斯玉。群公盈門，執事有肅。願言保之，永鎮坤軸。

皇后降殿

規殿沉沉，叶氣旼旼。明章婦順，表正人倫。躡是左墄，暨于中庭。尚宮顯相，罔有弗欽。

皇后受册寶

備物典册，樂之鼓鍾。拜而受之，極其肅雝。司言司寶，各以職從。從地有慶，與天無窮。

《南》流詠。

皇后升座

容典既膺，壼彝既正。羽衛外列，揚顔中映。如帝如天，以莊以靚。六宫承式，二

司賓引内命婦入門

葛覃節用，樛木逮下。形爲嬪則，夙已心化。兹臨長秋，遂正諸夏。以慶以祈，百祥未迓。

司賓引外命婦入門

碩人其頎，公侯之妻。翟茀以朝，象服是宜。如星之芒，遡月之輝。母儀既瞻，群心則夷。

皇后降座

窈窕淑女，備六服兮。陟降多儀，聳群目兮。内治允修，陰教肅兮。宜君宜王，綏百福兮。

皇后歸閤

天監有周，是生太任。亦有文姒，嗣其徽音。孰如兩宫，慈愛相承。思齊之盛，復見於今。

皇帝從太皇后册寶詣宫中

丕顯文王，之德之仁。亦有太姒，式揚徽音。維册維寶，乃玉乃金。伊誰從之，一人事親。

太上皇后出閤升御座降座樂曲同

重翟出房，褘衣被躬。委委佗佗，河潤山容。聖王臨軒，聖母在宫。并受鴻名，與天無窮。

内侍奉太上皇后册詣讀册位奉寶詣讀寶位

珉玉玢豳，褭蹏精良。既刻厥文，亦鑄之章。象德維何，至静而方。輔我光堯，萬壽無疆。

顯仁皇后神主祔廟

初獻詣顯仁皇后神主位酌獻，登歌作《承元》之樂祔廟逐室酌獻等樂章，係用時事樂章，叙宗皇帝懿皇后、安穆皇后、安恭皇后神主祔廟酌獻等樂之章，亦與享同，更不重述。

恭仲惟南聖林母南，躋仲祔太孔林時仲。陳黃羞南宗太祏南，徽太福南坤林儀仲。鼓姑鍾仲惟太序黃，牲太玉黃載仲祇林。於仲皇黃來應格南，永南介林丕黃基仲。《中興禮書》卷一六〇，續修四庫全書，册822，第548—550頁

卷一四　宋郊廟歌辭一四

淳熙十五年上高宗徽號三首

元脱脱《宋史・樂志》曰：「及加上高宗徽號，奉册寶以告，用《顯安之樂》。」①

册寶入門，《顯安》

於穆高皇，功德兼隆。稱天以誄，初謚未崇。載稽禮典，揚徽垂鴻。涓日之良，登進廟宫。

册寶升殿，《顯安》

有瑑斯寶，有編斯册。導以麾仗，奏以金石。祲威盛容，煌煌赫赫。臣工奉之，高靈來格。

① 《宋史》卷一三一，第 3047 頁。

上徽號，《顯安》

中興之烈，高掩商宗。揖遜之美，放勛比隆。字十有六，擬諸形容。威靈在天，裕後無窮。

《宋史》卷一三四《樂志》，第3143頁

慶元三年奉上孝宗徽號三首

元脱脱《宋史·禮志》曰：「慶元三年，上孝宗徽號曰紹統同道冠德昭功哲文神武明聖成孝皇帝。」①

册寶入門，《顯安》

巍巍孝廟，聖德天通。同符藝祖，克紹高宗。有儀有册，載推載崇。鏤玉繩金，登奉祏宮。

① 《宋史》卷一〇八，第2608頁。

册寶升殿,《顯安》

文金晶熒,册玉輝潤。統紹乎堯,德全於舜。勤崇推高,子孝孫順。冠德百王,萬年垂訓。

上徽號,《顯安》

金石充庭,珩璜在列。繪畫乾坤,形容日月。巍巍功德,顯顯謨烈。垂億萬年,鴻徽昭揭。

《宋史》卷一三四《樂志》,第3143—3144頁

高宗郊祀前朝享太廟三十首

元脱脱《宋史・樂志》曰:「天子親祀南郊,圜鐘爲宫,三奏,樂凡六成,歌《景安》,用《文德武功之舞》……前一日,朝饗太廟,黄鐘爲宫,三奏,樂凡九成,歌《興安》,所用文武二舞與南郊同。僖祖廟用《基命之樂舞》,翼祖廟用《大順之樂舞》,宣祖廟用《天元之樂舞》,太祖廟用《皇武之樂舞》,太宗廟用《大定之樂舞》。真宗、仁宗廟樂舞曰《熙文》、曰《美成》,英宗、神宗廟樂舞曰《治隆》、曰《大明》,哲宗、徽宗、欽宗廟樂舞曰《重光》、曰《承元》、曰《端

慶》，皆以無射宮奏之。」①按，盥洗用《乾安》、尚書奉俎用《豐安》、皇帝再盥洗用《乾安》，亦見周麟之《海陵集》卷一二，《全宋詩》卷二〇八九。清徐松《宋會要輯稿・樂六》於迎神用《興安》後注曰：「大呂爲角二奏，太簇爲徵二奏，應鐘爲羽二奏，詞同上。」②按，降殿用《乾安》，《宋會要輯稿・樂六》作升殿用《乾安》之曲。③

皇帝入門，《乾安》後還前殿并同

於皇我后，祗戒專精。假于有廟，祖考是承。趨進惟肅，僾思惟誠。神之聽之，來燕來寧。

皇帝升殿，《乾安》詣室、降殿并同

皇皇大宮，丕顯於穆。休德昭清，元氣回復。芝葉蔓茂，桂華馮翼。孝孫假斯，受茲介福。

①《宋史》卷一三〇，第 3035 頁。
②《宋會要輯稿》，册 1，第 444 頁。
③《宋會要輯稿》，册 1，第 430 頁。

盥洗，《乾安》

維皇齊精，嚴假于廟。觀盥之初，惟以潔告。衎承祖宗，恤祀昭孝。誠心有孚，介福斯報。

迎神，《興安》

秬鬯既將，黄鐘具奏。肅我祖考，祇栗以俟。監觀于兹，雲車來下。

尚書奉俎，《豐安》

有碩其牲，登于大房。肅展以享，庶幾迪嘗。匪腯是告，我民其康。保艾爾後，垂休無疆。

皇帝再盥洗，《乾安》

盥至于再，潔誠愈孚。帝用祇薦，靈咸嘉虞。騰歌臚歡，會于軒朱。觀厥顒若，受福之符。

僖祖室酌獻，《基命》

思文僖祖，基德之元。皇武大之，受命于天。積厚流光，不已其傳。曾孫篤之，於萬斯年。

翼祖室酌獻，《大順》

天命有開，維仁是依。乃眷冀邦，于以顧之。其顧伊何？發祥肇基。施于孫子，虔奉孝思。

宣祖室，《天元》

昭哉皇祖，源深流長！雕戈圭瓚，休有烈光。天祐潛德，繼世其昌。永懷積累，嘉薦令芳。

太祖室，《皇武》

爲民請命，皇祖赫臨。天地并貺，億萬同心。造邦以德，介福宜深。挹彼惟旨，真游居歆。

太宗室，《大定》

皇矣太宗，嗣服平成。益奮神旅，再征不庭。文武秉德，仁孝克明。以聖傳聖，對越紫清。

真宗室，《熙文》

思文真宗，體道之崇。憺威赫靈，遵制揚功。真符鼎來，告成登封。盛德百世，於昭無窮。

仁宗室，《美成》徽宗御製

仁德如天，遍覆無偏。功濟九有，恩涵八埏。齊民受康，朝野晏然。擊壤歌謡，四十二年。

英宗室，《治隆》

穆穆英宗，持盈守成。世德作求，是纘是承。齊家睦族，偃武恢文。於薦清酤，酌之欣欣。

神宗室，《大明》

烝哉維后，繼明體神。稽古行道，文物一新。潤色鴻業，垂裕後人。靈斿沛然，來燕來寧。

哲宗室，《重光》

明哲煌煌，照臨無疆。紹述先志，寔宣重光。詒謀燕翼，率由舊章。苾芬孝祀，降福穰穰。

徽宗室，《承元》御製

於皇烈考，道化聖神。堯聰舜孝，文恬武忻。命子出震，遺駿上賓。罔極之哀，有古莫倫。

降殿，《乾安》

明德惟馨，進止回復。禓襲安恭，嚴若惟谷。誠意昭融，群工袂屬。成此禋容，生乎齊肅。

入小次，《乾安》

於皇我后，祗戒專精。躬製聲詩，文思聰明。雍容戾止，玉立端誠。神聽如在，福禄來寧。

文舞退、武舞進，《正安》

八音諧律，綴兆充庭。進旅退旅，肅恭和平。盛薦祖宗，靈監昭升。象功崇德，遹觀厥成。

亞獻，《正安》

威神在天，享于克誠。申以貳觴，式昭德馨。籩豆孔嘉，樂舞具陳。庶幾是聽，福禄來成。

終獻，《正安》

疏羃三舉，誠意一純。孰陪予祀，公族振振。神具醉止，燕娭窈冥。於萬斯年，綏我思成。

皇帝出小次,《乾安》

夙戒告備,禮節俯成。妥侑惟乾,氛氳夜澄。有嚴有翼,列聖靈承。於穆清閟,肅肅無聲。

皇帝再升殿詣飲福位,《乾安》

維皇親享,至再至三。禮備樂奏,層陛森嚴。粢盛芳潔,酒醴旨甘。雲車風馬,從衛觀瞻。

飲福,《禧安》

赫赫明明,維祖維宗。鑒於文孫,維德之同。日靖四方,亦同其功。億萬斯年,以承家邦。

還位,《乾安》

帝既臨享,步武鳴鑾。陟降規矩,顒昂周旋。登歌一再,典禮莫愆。神之聽之,祉福綿綿。

尚書徹豆,《豐安》

熙事即成,嘉籩告徹。洋洋來臨,藹藹布列。配帝其功,在天對越。允集叢釐,萬邦和悦。

送神，《興安》

神之來游，風馬雲車。淹留彷彿，顧瞻欷歔。神之還歸，鈞天帝居。監觀于下，何福不除？

降殿，《乾安》

於皇上天，欽哉成命。集于冲人，丕承列聖。爰熙紫壇，于廟告慶。肸蠁潛通，休祥荐應。

還大次，《乾安》

盛德豐功，一祖六宗。欽翼燕詒，禋享是崇。厲意齊精，假廟惟恭。率禮周旋，福禄來同。

《宋史》卷一三四《樂志》，第3144—3148頁

紹興二十八年郊祀樂章一首

清徐松《中興禮書》曰：「（紹興二十八年七月）三十日，敕中書門下省宰執、學士院兩

省官修潤到郊祀大禮樂章，詔可，降付有司。」①按，詩題爲筆者所加。

皇帝還位，《乾安》之曲 禮部侍郎賀允中

明祀舒徐，升侑旋復。星炬熒煌，靈光下燭。愓然孝思，不疾而速。天載無聲，降爾景福。

《中興禮書》卷一六，續修四庫全書，册822，第75頁

紹興登門肆赦二首

元脱脱《宋史·樂志》曰：「御樓肆赦。每郊祀前一日，有司設百官、親王、蕃國諸州朝貢使、僧道、耆老位宣德門外，太常設宫縣、鉦鼓。其日，刑部録諸因以俟。駕還至宣德門内幄次，改常服，群臣就位，帝登樓御坐，樞密使、宣徽使侍立，仗衛如儀。通事舍人引群臣横行，再拜訖，復位。侍臣宣曰：『承旨。』舍人詣樓前，侍臣宣敕立

① 《中興禮書》卷一六，續修四庫全書，册822，第71—72頁。

金鷄。舍人退詣班南，宣付所司訖，太常擊鼓集囚。少府監立鷄竿于樓東南隅，竿末伎人四面緣繩争上，取鷄口所銜絳幡，獲者即與之。樓上以朱絲繩貫木鶴，仙人乘之，奉制書循繩而下，至地，以畫臺承鶴，有司取制書置案上。閤門使承旨引案宣付中書、門下，轉授通事舍人，北面宣云『有制』，百官再拜。宣赦訖，還授中書、門下，付刑部侍郎承旨放囚，百官稱賀。閤門使進詣前，承旨宣答訖，百官又再拜、舞蹈，退。若德音、赦書自内出者，并如文德殿宣制之儀。其降御劄，亦閤門使跪授殿門外置箱中，百官班定，閤門授宰臣讀訖，傳告，百僚皆拜舞稱萬歲。」①《宋史·儀衛志》曰：「鷄竿，附竿爲鷄形，金飾，首銜絳幡，承以彩盤，維以絳索，揭以長竿。募衛士先登，争得鷄者，官給以纈襖子，或取絳幡而已。大禮畢，麗正門肆赦則設之。其義則鷄爲巽神，巽主號令，故宣號令則象之。陽用事則鷄鳴，故布宣陽澤則象之。一曰『天鷄星動爲有赦』，故王者以天鷄爲度。金鷄事，六朝已有之，或謂起於西京。南渡後，則自紹興十三年始也。」②宋周密《武林舊事》記「登門肆赦」更詳：「其日，駕自文德殿，詣麗正門御樓，教坊作樂迎導，參

① 《宋史》卷一一七，第 2773—2774 頁。
② 《宋史》卷一四八，第 3470 頁。

軍色念致語，雜劇色念口號。至御幄降輦，門下閤門進『中嚴外辦』牌訖，御藥喝唱『捲簾』宋刻無『唱』字，上出幄臨軒，門下鳴鞭，宫架奏曲，簾捲扇開，樂止，撞右五鐘。黄傘纔出門下，宰臣以下兩拜，分班立。門上中書令稱：『有敕，立金鷄門下。』侍郎應喏，宣奉敕立金鷄。鷄竿一起，門上仙鶴童子捧赦書降下，閤門接置案上，太常寺擊鼓，鼓止，捧案至樓前中心。知閤稱『宣付三省』，參政跪受，捧制書出班跪奏，請付外施行。門上中書令承旨宣曰：『制可。』門下參政稱：『宣付三省。』遂以制書授宰臣，跪受訖，閤門提點開拆，授宣赦。舍人捧詔宣制位，起居舍人一員摘句讀。舍人稱：『有制。』宰臣以下再拜。俟讀至『咸赦除之』，獄級奏脱枷訖，罪囚應諾，三呼萬歲，歌呼而出。候宣赦訖，門人舍人贊，樞密及中書令曲賀兩拜，門下宣制舍人捧赦宋刻無『赦』字制書授宰臣，宰臣授刑部尚書，尚書授刑房録事訖，歸班兩拜，致詞，三舞蹈，三叩頭。知閤稱：『有制。』宰臣已下再拜。知閤宣答云：『若是大慶，與卿等同之。』又拜舞如前。門上中書令奏禮畢，扇合，宫架樂作，簾降，樂止，撞左五鐘。門下禮部郎中奏解嚴，上還幄次，門下鳴鞭，舍人喝：『奉敕放仗。』宰臣已下再拜退。次宣勞將士訖，乘輦歸内，至南宫門教坊迎駕，念致語口號如前。至文德殿降輦，舞畢退。弁陽翁詩云：『換輦登門捲御簾，侍中承制舍人宣。鳳書乍脱金鷄口，一派歡聲下九天。』金鷄竿，長五丈五尺，四面各百戲，一人緣索而上，謂之『搶金鷄』。先到者得利物，呼萬歲。纈羅襖子一領，絹十匹，銀碗一隻重三兩。諸州進奏院各有遞鋪腰鈴黃旗者數人，俟宣赦訖，即先發太平州、萬州、壽春府，取『太平萬壽』之語。以次俱發，鈴聲滿道，都人競觀。樓下排立次第：青龍白虎旗各一、信旗二、方扇二、方圓罘罼二、旛四、劍二、將軍二、僧衆居左、道衆居右、玉輅居中、太常宮架樂、宣赦臺、招拜紅旗、擊鼓宋刻「繫鼓」、三院罪囚獄級居左、御馬六匹居右、宣制位居中、橫門、快行、承旨、三省官已下。」①《宋史·樂志》曰：「紹興十三年，初舉郊祀，命學士院制宮廟朝獻及圜壇行禮、登門肆赦樂章，凡五十有八。」②清徐松《中興禮書》二詩題作「皇帝升御座，《乾安》之曲」「皇帝降御座，《乾安》之曲」。③

升坐，《乾安》

拜況于郊，皇哉唐哉！熙事休成，六騑鼎來。天闔以決，地垠以開。隤祉發祥，如登春臺。

---

① [宋] 周密撰，錢之江注《武林舊事》卷一，浙江古籍出版社，2011 年版，第 14—16 頁。

② 《宋史》卷一三二，第 3072—3073 頁。

③ 《中興禮書》卷一六，續修四庫全書，册 822，第 76 頁。

降坐,《乾安》

鴻霈普洽,言歸端門。蕩蕩巍巍,旋乾轉坤。穆然宣室,儲思垂恩。于萬斯年,敷錫群元。

《宋史》卷一三八《樂志》,第3258頁

卷一五　宋郊廟歌辭一五

寧宗朝享三十五首

皇帝入門，《乾安》

王假有廟，四極駿奔。鼎俎宵嚴，虡簨雲屯。積厚流廣，德隆慶蕃。是則是繩，保我子孫。

升殿，《乾安》

於穆清宫，奕奕孔碩。芝莖蔓秀，桂華馮翼。八簋登列，六瑚賁室。皇代擁慶，啓佑千億。

盥洗，《乾安》

天一以清，地一以寧。維皇精專，承神明靈。娥御墮津，瀆祇揚溟。盥事允嚴，先祖是聽。

詣室，《乾安》

丹楹雲深，芳勺宵奠。樂華淳鬯，禮文炳絢。有容有儀，載肅載見。維時緝熙，世世以燕。

還位，《乾安》

旅楹有閑，人神允叶。福以德昭，饗以誠接。六樂宣揚，百禮煒燁。對越在天，流祚萬葉。

迎神，《興安》九變

黄鍾爲宫　《咸》《英》備樂，篚席列罘。詩歌安世，聲叶皇雅。翠旗羽蓋，雲車風馬。神其來兮，以燕以下。

大吕爲角　勾陳旦闢，閶闔夜分。軫風挾月，車駟凌雲。瑞景晻靄，神光耀熀。神其來兮，以留以忻。

太簇爲徵　穆穆紫幄，璜璜清宫。《旱麓》流詠，《鳧鷖》叶工。道閎詒燕，業綿垂鴻。神其來兮，以康以崇。

應鍾爲羽　文以謨顯，武以烈承。聖訓之保，祖武之繩。有肅孝假，式嚴衎烝。神其來兮，以宜以寧。

捧俎，《豐安》

簋豆薦牲，鉶籩實饋。其俎孔庶，吉蠲爲饎。惟德達馨，以忱以貴。神既佑享，祉貺來暨。

再詣盥洗，《乾安》

精粹象天，明清鑒月。再御兹盥，益致其潔。齊容顒若，誠意洞徹。百禮允洽，率禮不越。

真宗室，《熙文》

天地熙泰，躋時升平。闡符建壇，聲容文明。君臣賡載，夷夏肅清。本支百世，持盈守成。

仁宗室，《美成》

在宋四世，天子聖神。用賢致治，約己裕民。海内富庶，裔夷肅賓。四十二年，堯舜之仁。

英宗室，《治隆》

明明英后，仁孝儉恭。丕顯丕承，增光祖宗。繼志述事，遵制揚功。萬邦作孚，盛德形容。

神宗室，《大明》

厲精基治，大哉乾剛！信賞必罰，内修外攘。禮樂法理，號令文章。作新之功，度越百王。

哲宗室，《重光》

於皇我宋，世有哲明。元祐用人，遹駿有聲。紹述先志，思監于成。受天之祜，王配於京。

徽宗室，《承元》

帝撫熙運，晏粲協期。禮明樂備，文恬武嬉。道光授受，謀深燕詒。駿命不易，子孫保之。

欽宗室，《端慶》

顯顯令主，輝光日新。奉親以孝，綏下以仁。兢兢業業，誕保庶民。於穆不已，之德之純。

高宗室，《大德》

昊天有命，中興復古。治定功成，修文偃武。德隆商宗，業閎漢祖。付托得人，系堯之緒。

孝宗室，《大倫》

藝祖有孫，聰睿神武。紹興受禪，歸尊于父。行道襲爵，百度修舉。聖德曰孝，光於千古。

光宗室，《大和》

維宋洽熙，帝繼於理。萬姓厚生，三辰順軌。對時天休，以燕翼子。肅唱和聲，神其有喜。

還位，《乾安》

在周之庭，設業設虡。酒醴惟醹，爾殽伊脯。帝觴畢勺，天步旋舉。丕顯丕承，念玆皇祖。

降殿，《乾安》

黼幄蟬蜎，飆斿寧燕。尊彝獻祼，瑚簋陳薦。晬儀天旋，淳音《韶》變。遹求厥寧，福禄流羨。

入小次，《乾安》

皇容肅祇，天步舒遲。對越惟恭，敬事不遺。陟降莅止，永言孝思。上帝臨女，日監于兹。

文舞退、武舞進，《正安》

明庭承神，鞉磬柷敔。玉梢飾歌，佾綴維旅。既肖厥文，復象乃武。祖德宗功，惟帝時舉。

亞獻，《正安》

尊罍星陳，罍冪雲舒。來貳鸞觴，玉瑊瓊琚。相予嚴祀，秉德有初。對揚王休，何福不除？

終獻，《正安》

秉德翼翼，顯相肅雝。疏冪三舉，誠意益恭。光燭黼綉，和流笙鏞。子孫衆多，福禄來從。

出小次，《乾安》

廟楹邃嚴，夜景藻清。文物炳彪，禮儀熙成。帷宫載敞，珮珩有聲。帝復對越，將受厥明。

再升殿，《乾安》

明明維后，詒厥孫謀。系隆我漢，陳錫哉周。以孝以饗，世德作求。介以繁祉，萬邦咸休。

飲福，《乾安》

玉瓚黄流，有飶其香。來假來享，降福穰穰。我應受之，湯孫之將。有百斯男，福禄無疆。

還位，《乾安》

聖圖廣大，宗祊光輝。假於有廟，帝命不違。僾若有慕，夙夜畏威。嘉樂君子，福禄祁祁。

徹豆，《豐安》

升饌有章，卒食攸序。庭鏘金奏，凱收鍘筥。其獻惟成，其餕維旅。禮洽慶流，皇祖之祐。

送神，《興安》

珠幄熉黄，神既燕娭。監觀於下，福禄來宜。雲車風馬，神保聿歸。啓佑我後，福禄來爲。

降殿，《乾安》

聖有謨訓，詒謀燕翼。奉天酌祖，萬世維則。維皇孝熙，乾乾夕惕。禮既式旋，惟福之錫。

還大次，《乾安》

王假有廟，對越在天。帷宫旋御，率禮不愆。泰畤展祠，雲陽奉瑄。齊居精明，益用告虔。

《宋史》卷一三四《樂志》，第3148—3153頁

理宗朝享三首

皇帝升降，《乾安》

於皇祖宗，清廟奕奕。威靈在天，不顯惟德。垂裕鴻延，詒謀燕翼。孝孫格斯，受祉罔極。

迎神，《興安》九奏

秬鬯既將，黄鍾具奏。瞻望真遊，僾若有慕。於皇列聖，在帝左右。雲車具來，以妥以侑。

寧宗室，《大安》

帝德之休，恭儉淵懿。三十一年，謹終如始。升祔在宫，祖功并美。民懷有仁，何千萬世。

《宋史》卷一三四《樂志》，第3153頁

高宗祀明堂前朝享太廟二十一首

皇帝入門，《乾安》

於皇我后，祇戒專精。齊肅有容，祖考是承。造次匪懈，孝思純誠。神聽有格，福禄來寧。

升殿，《乾安》

肅哉清宫，熉珠照幄。神之來思，八音振作。赤舄龍章，奉玉惟恪。匪今斯今，先民時若。

盥洗，《乾安》

於皇維后，觀盥之初。精意昭著，既順既愉。圭邕承祀，卿士咸趨。目視心化，四方其孚。

迎神，《興安》

涓選休成，祖考是享。夙夜專精，求諸惚恍。洋洋在上，惟神之仰。邕矣清明，應之如響。

捧俎，《豐安》

來相于庭，嗚鍓鏘鏘。奉牲而告，登彼雕房。非牲之備，民庶是康。神依民聽，上帝斯皇。

僖祖室酌獻，《基命》

何慶之長？實兆于商。由商太戊，子孫其昌。皇基成命，宋道用光。詒厥孫謀，膺受四方。

翼祖室，《大順》

上帝監觀，維仁是依。繼世修德，皇心顧之。其顧伊何？在彼冀方。施於子孫，降福穰穰。

宣祖室酌獻，《天元》

昭哉皇祖，駿發其祥。雕戈圭瓚，盛烈載揚。天錫寶符，俾熾而昌。神聖應期，赫然垂光。

太祖室，《皇武》

猗歟皇祖，下民攸歸。膺帝之命，龍翔太微。戎車雷動，天地清夷。峨峨奉璋，萬世無違。

太宗室，《大定》

煌煌神武，再御戎軒。時惠南土，旋定太原。車書混同，聲教布宣。維天佑之，億萬斯年。

真宗室，《熙文》

於皇真宗，體道之崇。游心物外，應迹寰中。四方既同，化民以躬。清净無爲，盛德之容。

仁宗室曲同郊祀送神亦同

英宗室，《治隆》

噫我大君，嗣世修文。維文維武，諟繼虞勛。天錫丕祚，施於後昆。於薦清酤，酌之欣欣。

神宗室，《大明》

烝哉維后，繼明體神。憲章文武，宜民宜人。經世之道，功格於天。子孫嚴祀，無窮之傳。

哲宗室，《重光》

明哲煌煌，照臨無疆。丕承先志，嘉靖多方。朝廷尊榮，民庶樂康。珍符來應，錫茲重光。

徽宗室，《承元》

聖考巍巍，光紹丕基。禮隆樂備，時維純熙。天仁兼覆，皇化無爲。功成弗處，心潛希夷。

文舞退、武舞進，《正安》

作樂合祖，簨簴在庭。衆奏具舉，肅雝和鳴。神靈來格，庶幾是聽。皦繹以終，永觀厥成。

亞獻，《正安》

威神在天，來格于誠。既載清酤，有聞無聲。相予熙事，時賴宗英。肅肅雝雝，允協思成。

終獻，《正安》

疏冪三舉，誠意一純。孰陪予祀，公族振振。明靈來娭，樂舞具陳。奉神所佑，昭孝息民。

飲福，《禧安》

赫赫明明，德與天通。施于孫子，福禄攸同。日靖四方，民和年豐。有秩斯祜，申錫無窮。

徹豆，《豐安》

歆我齊明，威德如存。牲牷是享，圭玉其温。群公執事，亦既駿奔。禮成告徹，咸福黎元。

還大次，《乾安》

神明既交，恍若有承。欽翼齊莊，福禄具膺。王業是興，祖武是繩。佑我億年，以莫不增。

《宋史》卷一三四《樂志》,第3153—3156頁

紹興二十五年朝享太廟樂歌一首

沈虚中

元脱脱《宋史・樂志》曰:「(紹興二十五年)命學士沈虚中作歌曲,以薦於太廟、圜丘、明堂。」①清徐松《中興禮書》曰:「(二十五年)二十九日,權尚書兵部侍郎兼權直學士院沈虚中劄子,恭依指揮修制,添入登歌樂章,謹具如右,前批送禮部。」②按,《中興禮書》所載歌辭三首,依次爲:景靈宫升宫、太廟升殿、圜壇升壇。其一《宋史・樂志》《高宗明堂前朝獻景靈宫十首》已收入,題作「升殿」,《乾安》」。其三《宋史・樂志》《祀圜丘》已收,題作「詣飲福位」,《乾安》。」二首辭皆與《宋史・樂志》所載同。惟其二未見《宋史・樂志》載録,故本卷止録此首,詩題爲筆者所加。又,據《中興禮書》《宋史・樂志》,此三首歌辭當爲沈虚中作。

① 《宋史・樂志》卷一〇三,第3035頁。
② 《中興禮書》卷一五,續修四庫全書,册822,第70頁。

太廟升殿

清宫鴻都，元精回復。靈芝熒煌，來牟率育。惕然省思，降爾景福。有慶孝孫，同仁草木。

《中興禮書》卷一五，續修四庫全書，册 822，第 70 頁

紹興二十八年朝享太廟樂歌一首

按，詩題爲筆者所加。

皇帝還安，《乾安》之曲

於穆清廟，明禋是崇。卿士駿奔，助我肅雝。灌鬯已事，精誠交通。却立以思，僾然其恭。

《中興禮書》卷一六，續修四庫全書，册 822，第 75 頁

孝宗明堂前享太廟三首

徽宗室酌獻,《承元》

明明徽祖,撫世升平。制禮作樂,發政施仁。聖靈在天,德澤在民。億萬斯年,保佑後人。

高宗室,《大德》

於皇時宋,自天保定。高宗受之,再僕景命。紹開中興,翼善傳聖。何千萬年,永綏厥慶。

還大次,《乾安》

禮既行矣,樂既成矣。維祖維妣,安且寧矣。皇舉玉趾,佩鏘鳴矣。拜貺總章,于厥明矣。

《宋史》卷一三四《樂志》,第3156頁

卷一六　宋郊廟歌辭一六

淳熙六年明堂前享太廟樂歌五首

清徐松《中興禮書》曰：「淳熙六年四月二十四日，禮部言太常寺申：『契勘今來明堂大禮，前二日朝獻景靈宫，前一日朝饗太廟，至日明堂行禮，合排設登歌宫架樂舞，并麗正門肆赦。排設宫架樂，其合用樂章。竊詳逐次大禮所用樂章，與今來禮儀恐有不同去處，及已降指揮，有司陳法駕鹵薄，本寺鼓吹局合設前後部鼓吹，所用歌辭《合宫》等曲，并欲乞從本寺具節次，申學士院修潤製撰，前期降付本寺教習。』詔依。《合宫歌》等詔辭見鼓吹歌詞門。七月二十九日，學士院修潤製撰進呈樂章。」①按，詩題爲筆者所加。

① 《中興禮書》卷六四，續修四庫全書，册 822，第 263 頁。

迎神，宮架奏《興安》之曲，九變《文德》之舞

黃鍾爲宮，三奏

秬黃鬯姑既林將南，黃南鍾姑具太奏姑。肅南若黃真姑游太，祇黃栗南以太俟黃。於姑皇林列黃聖南，在應帝南在蕤右林。監太觀黃于蕤兹姑，雲太車姑來林下黃。

大呂爲角，三奏

樂章同前。夾仲無夷黃無夾仲無大無夷大無林仲黃無大仲夷仲無夷大夷無夷大夷無夷仲

太簇爲徵，二奏

樂章同前。南應南蕤應蕤應大蕤姑太應南蕤姑蕤應夷大蕤應南夷南蕤南太應大應夷南

應鍾爲羽，二奏

樂章同前。夷蕤無夷應夾蕤夷夷蕤大應應蕤夾大應夷夾仲夷蕤無夷大蕤大應夾蕤應夷

皇帝降殿，登歌作夾鍾宮《乾安》之曲

明夾德無惟南馨林，進仲止林回黃復無。裼太襲夾恭南安林，儼仲若林齋無肅夾。誠夾意黃昭林融仲，群無工林袂無屬黃。成太此黃祲南容林，荷無天林百仲禄夾。

皇帝入小次，宮架奏無射宮《乾安》之曲

於無皇南我無后仲，祗林戒仲專黃精無。鴻南儀林繹姑陳仲，文南思林聰黃明無。雍無容林戾姑止仲，玉仲立林明黃庭無。神南聽林如姑在仲，福太禄仲來黃寧無。

皇帝再升殿詣飲福位，登歌作夾鍾宮《乾安》之曲

維夾皇林親南享林，至仲再林至無三黃。禮太備黃樂南奏林，羽黃衛夾森林嚴仲。粢無盛夾芳南潔

林，酒仲醴林旨黃甘無。雲太車黃風仲馬林，庶無幾林監仲觀夾。

皇帝降殿

三夾歲黃親南祠林，于無禮林莫仲盛夾。入太太黃室南祼林，徧無于林聖仲列夾。陟無降黃有夾儀黃，而林主仲乎黃敬無。祀太事黃孔南明林，邦無家林賴黃慶夾。《中興禮書》卷六四，續修四庫全書，册 822，第 266—270 頁

理宗明堂前朝享二首

寧宗室奠幣，《定安》

皇矣昭考，聖靈在天。稱秩宗祀，有嚴恭先。奉幣以薦，見之僾然。仁深澤厚，厥光以延。

酌獻，《考安》

假哉皇考，必世後仁。嘉靖我邦，與物皆春。之純之德，克配穹旻。餘慶淵如，佑我後人。

《宋史》卷一三四《樂志》，第 3156—3157 頁

皇后廟十五首

宋張永錫《上懿德淑德二后廟登歌酌獻樂章奏》(太平興國二年三月)曰:「二廟登歌酌獻樂章曲名者。伏以懿德皇后符氏,禀秀王室,推華女宗。閨房鳴玉佩之音,藩邸識彤雲之瑞。智推敏洽,性禀柔和。未陳辭輦之言,已軫藏舟之嘆。清芬殁而可尚,懿德遠而彌彰。既修追謚之文,允協飾終之典。笙竽在列,籩豆斯陳。登歌式薦於明靈,作樂以揚于盛美。酌獻請奏《順安之曲》,樂章詞云:『玉門禀慶,帝族推賢。柔慈内備,和順外宣。流芳金石,著美簡編。登歌配享,不亦宜然。』伏以淑德皇后尹氏,辭旨温恭,禮容閑雅。戚里咸師于懿範,閨闈夙著於柔儀。方資中饋之賢,遽軫逝川之嘆。一辭聖日,久閉泉扃。定謚追榮,式遵於茂典;登歌薦廟,宜舉于懿章。酌獻請奏《嘉安之曲》,樂章詞云:『明明英媛,德備椒房。言容婉娩,禮法昭彰。閨闈作則,史册垂芳。終温且惠,播美無疆。』」①

歐陽修《太常因革禮》曰:「《禮閣新編》:太平興國二年正月十三日,敕故越國夫人符氏,

① 《全宋文》卷五八,册3,第393—394頁。

故夫人天水尹氏，并追封册皇后。仍令所司擇日備禮册命。二月八日，禮院奏：伏准近朝周廣順元年九月中，追册皇后柴氏。顯德四年，追册皇后劉氏，并不行册禮。建隆元年四月中，追册皇后賀氏，亦不行册禮，今來册禮行不行繫自朝旨，詔依建隆三年故事，尋差太常少卿張永錫撰謚號陵名，及本廟樂章舞名。永錫奏：『追册后謚號者，臣聞王者悼往推恩，緣情制禮，旌椒蘭之懿行，舉圖史之舊章，所以賁英魂於九泉，傳美名於千古。伏以故越國夫人符氏，瑶源析派，璧月騰輝，素彰柔順之風，允著肅雍之德，用慈惠而接物，服澣濯以修身，昔當潛躍之辰，克叶和鳴之兆，不登遐壽，奄謝明時。伏以故夫人尹氏，婉淑自持，賢明罕對，本三從之善訓，備四德之柔儀，作嬪建事於皇親，率禮無違於母教，著女工于絲枲，奉王祭於蘋蘩，柏城之丘隴堪傷，蓬島之音容永隔。今者皇帝陛下，統臨辰極，纂嗣皇圖，推至仁而澤被九原，敷大化而恩（潭）〔覃〕萬國，念深内則，情切中宫，感歲月之屢遷，嘆松楸而已拱，宸襟軫悼，睿澤汪洋，爰命有司，舉茲彝典。謹案謚法云：温柔聖善曰懿，言行不回曰淑，富貴好禮曰德。伏請上故越國夫人謚號爲懿德皇后，上故夫人尹氏謚號淑德皇后。』詔可。是年三月二十二日，永錫又奏：『二廟登歌酌獻樂章曲名者。伏以懿德皇后符氏，禀秀王室，推華女宗，閨房鳴玉佩之音，藩邸識彤雲之瑞，智推敏洽，性禀柔和，未陳辭輦之言，已軫藏舟之嘆，清芬殁而可尚，懿德遠而彌彰，既修追謚之文，允協飾終之典，笙等在列，籩豆斯陳，登歌式薦於明靈，作樂以揚於盛美，酌獻請奏《順安》之曲，樂章詞云……伏以淑德皇后尹氏，辭旨温恭，禮容閑雅，戚里咸師于懿範，閨闈夙著於柔儀，方資中饋之賢，遽軫逝川之嘆，一辭聖日，久閉泉扃，定謚追榮，式遵於茂典，登歌薦廟，宜舉於彝章，酌獻請奏《嘉安》之曲，樂章詞云……』詔可。」①按，《太常因革禮》所載懿德皇后室《順安》之曲、淑德皇后室《嘉安》之曲辭與《宋史》所載同。據此又知，此二首歌辭乃張永錫所作。

迎神，《肅安》

閟宮翼翼，雅樂洋洋。牲器肅設，几筵用張。飾以明備，秩其令芳。神兮來格，風動雲翔。

太尉行，《舒安》

服章觀象，山龍是則。容止蹌蹌，威儀翼翼。

①［宋］歐陽修等撰《太常因革禮》卷九四，續修四庫全書，册821，上海古籍出版社，2002年版，第618頁。

司徒捧俎，《豐安》徹同

格恭奉祀，祇薦犧牲。九成爰奏，有俎斯盈。

酌獻孝明皇后室，《惠安》

祀事孔明，廟室惟肅。鉶登籩豆，金石絲竹。既灌既薦，允恭允穆。奉神如在，以介景福。

孝惠皇后室，《奉安》

初陽作配，内助惟賢。柔順中積，英徽外宣。神宫有侐，明祀惟虔。歆誠降祐，於萬斯年。

孝章皇后室，《懿安》

猗那淑聖，象應資生。配天作合，與日齊明。椒宫垂範，彤史揚名。聿修毖祀，永奉粢盛。

懿德皇后室，《順安》

王門稟慶，帝族惟賢。功存内治，德協静專。流芳圖史，垂範紘綖。新廟有侐，祀禮昭然。

淑德皇后室，《嘉安》

明明英媛，德備椒庭。籩豆有踐，黍稷匪馨。静嘉致薦，容與昭靈。精意以達，顧享來寧。

莊穆皇后室，《理安》

曾孫襲慶，柔祇育德。正位居體，其儀不忒。教被宫壼，化行邦國。祝史正辭，垂裕無極。

莊懷皇后室，《永安》

淑德昭著，至樂和平。登豆在列，膋香薦誠。六變合禮，八音諧聲。穰穰景福，佑我休明。

元德皇后廟，《興安》

爲太宗后，爲天下母。誕聖繼明，膺乾作主。玉振金相，蘭芬桂芳。於萬斯年，永奉烝嘗。

飲福，《禧安》

彝尊旨酒，慶佑遂行。介以純嘏，允答明誠。

亞獻，《恭安》

宗臣率禮，步玉鏘鏘。吉蠲斯獻，百禄是將。

終獻，《順安》

薦獻有終，禮容斯穆。以奉嘉觴，以膺多福。

送神，《歸安》

明禋告畢，靈輅難留。升雲杳邈，整馭優遊。誠深嘉栗，禮罄欽修。豐融垂佑，以永洪休。

《宋史》卷一三四《樂志》，第3157—3159頁

章獻明肅皇太后恭謝太廟明道元年

迎神用《成安》

於穆宋廟，肇允基扃。文母來獻，國祚咸寧。永言昭格，式薦惟馨。亦既降止，聿柄神靈。

皇太后升降用《徽安》

九奏允諧，皇靈來暨。備物芬馨，昭違精意。升降有儀，群臣序位。享于克誠，萬福攸至。

奠瓚用《神蔡巢蓮曲》

懿彼靈龜，在宫之池。芳蓮是托，千歲奇姿。祼將清廟，播于聲詩。神降之吉，永保壽祺。

司徒奉俎用《熙安》

潔爾犧牲，既角且騂。玉俎奉將，式表純精。祖宗斯享，毖祀以成。福禄來降，邦祚隆平。

酌獻第一室用《大善》

太宫爾肅，烈祖巍巍。上炳淳耀，下流德暉。詒謀燕翼，奄宅邦畿。子孫千億，歷數同歸。

第二室《大寧》

乃祖齊聖，綿瓞其昌。源流濬邈，統祚悠長。如聞肅僾，有飶馨香。監觀垂祐，萬葉儲祥。

第三室《大順》

奕奕清廟，巍巍帝基。詒謀積德，累洽熏熙。粢盛豐潔，禮容肅祇。俯歆明薦，永錫蕃禧。

第四室《大慶》

赤符啓祚，長發其祥。靈源自遠，帝運重光。載潔籩豆，恭薦令芳。致成翼翼，降福穰穰。

第五室《大安》

英英藝祖，出震承乾。握圖撫運，卜祚延年。衣冠在廟，威靈在天。永錫無疆，子孫保焉。

第六室《大盛》

赫赫皇祖，萬邦之君。功崇偃革，德盛興文。聖謨宏達，至教氤氳。子孫百世，祇薦苾芬。

第七室《大明》

巍巍新廟，穆穆真皇。德符二聖，仁洽萬方。墜典咸秩，鴻儀用彰。威靈如在，時思不忘。

飲福用《壽和》

苾芬既薦，溥碩咸陳。禮備樂舉，先後有倫。以奉七室，齊潔惟寅。皇靈斯享，福祥薦臻。

亞獻、終獻用《欽安》

籥翟既備，干戚是陳。德業昭著，用和神人。

徹豆用《熙安》

牲牷腯肥，粢盛豐潔。三獻用行，萬舞復列。禮儀克成，樂奏將闋。神保聿歸，玉豆斯徹。

送神用《成安》

九奏合兮僾然來，百禮成兮欻爾回。想霜馭兮望天闕，八音闋兮心悠哉。《全宋詩》卷三七三五，冊71，第45031—45033頁

景祐以後樂章六首

元脱脱《宋史·樂志》曰：「（景祐元年）躬謁奉慈廟章獻皇后之室，作《達安之曲》以奠瓚、《厚安》以酌獻；章懿皇后之室，作《報安之曲》以奠瓚、《衍安》以酌獻。」①

章獻明肅皇太后室奠瓚，《達安》

肅肅閟宮，順時薦事。鬱鬯馨香，如見於位。

酌獻，《厚安》

祥標曾麓，德合方儀。萬方展養，九御蒙慈。孝恭祊祏，美播聲詩。淑靈顧享，申錫維祺。

---

①《宋史》卷一二六，第2954頁。

章懿皇太后室奠瓚，《報安》

青金玉瓚，祼將于京。永懷罔極，夙夜齊明。

酌獻，《衍安》

翊佐先朝，章明壼教。淑順謙勤，徽音在劭。樹風不止，劬勞匪報。黍稷令芳，暇兹乃告。

奉慈廟章惠皇太后室奠瓚，《翕安》

祼圭既陳，酌鬯斯醇。音容彷彿，奠獻惟寅。

酌獻，《昌安》

内輔先猷，夙昭壼則。保祐之勞，慈惠其德。榮養有終，芳風無極。享獻閟宫，載懷凄惻。

《宋史》卷一三四《樂志》，第3159頁

真宗汾陰禮畢，親謝元德皇后室三首

迎神，《肅安》

閟宫奕奕，《韶》樂洋洋。牲幣虔布，几筵肅張。醴泉淳美，嘉肴潔香。俟神來格，降彼帝鄉。

奉俎，《豐安》

樂鏗金石，俎奉犧牲。九成斯奏，五教爰行。

送神，《理安》

鸞驂復整，鶴駕難留。白雲縹緲，紫府深幽。廟雖載止，神無不遊。垂佑皇宋，以永鴻休。

《宋史》卷一三四《樂志》，第3159—3160頁

卷一七　宋郊廟歌辭一七

元德皇后升祔一首

《顯安》之曲

顯矣皇妣，德侔柔祇！升祔太室，協禮之宜。燿彼寶册，列之尊彝。惟誠是厚，永佑慶基。

《宋史》卷一三四《樂志》，第3160頁

崇恩太后升祔十四首

元脱脱《宋史·禮志》曰：「哲宗皇后劉氏，政和三年二月九日崩。詔：『崇恩太后合行禮儀，可依欽成皇后及開寶皇后故事，參酌裁定。』閏四月，上謚曰昭懷皇后。五月，葬永泰陵，祔神主於哲宗廟室。」①

① 《宋史》卷一二三，第2874頁。

入門，《顯安》

俔天生德，作配元符。儀刑壼則，輔佐帝圖。登崇廟祏，勒號璠璵。烝嘗億載，皇極之扶。

神主升殿，《顯安》

曰嬪于京，天作之配。進賢審官，克勤其志。於穆清廟，本仁祖義。億萬斯年，神靈攸暨。

迎神，《興安》四章

黄鍾宫二奏　閟宫有侐，堂筵屹崇。靈徽匪遐，精誠感通。苾芬維時，登兹明祀。泠然雲車，有來其馭。

大吕角二奏　羽旌風翔，翠蕤飄舉。儼其音徽，登兹位處。笙鏞始奏，合止柷敔。是享是宜，永求伊祜。

太簇徵二奏　枚枚閟宫，鼎俎肆陳。烝畀明靈，登其嘉新。鼓鍾既戒，旨酒既醇。攸介攸止，純禧薦臻。

應鍾羽二奏　旨酒嘉肴，于登于豆。是享是宜，樂既合奏。衎我懿德，執事温恭。靈兮允格，有翼其從。

罍洗，《嘉安》

列爵陳俎，芬芳和羹。摐金擊石，洋洋和聲。禮行伊始，我德惟明。既盥而往，於昭斯誠。

升降殿，《熙安》

笙簫紛如，陟彼廟庭。鏘鏘佩玉，懷兹先靈。神保聿止，音容杳冥。緐禧是介，萬年惟寧。

酌獻，《兹安》

雝雝玉佩，清酤惟良。粢盛具列，有飶其香。懷其徽範，德洽無疆。於兹燕止，降福穰穰。

亞獻，《神安》

嬪于潛邸，爰正坤儀。《關雎》化被，《思齊》名垂。柔德益茂，家邦以熙。皇心追崇，永羞牲粢。

退文舞、進武舞，《昭安》

翩然干戚，揚庭陳階。文以經緯，武以威懷。其張其弛，節與音諧。迄兹獻享，妥靈綏來。

終獻，《儀安》

珩璜之貴，褘褕之尊。天作之合，内治慈温。元良鍾慶，祉福乾坤。以享以祀，事亡如存。

徹豆，《成安》

鏘洋純繹，於論鼓鍾。周旋陟降，齊莊肅容。維疊既旨，維籩伊豐。歌徹以《雍》，介福來崇。

送神，《興安》

黍稷維馨，虡業充庭。既欽既戒，靈心是承。顧予烝嘗，言從之邁。申錫無疆，是用大介。

《宋史》卷一三四《樂志》，第3160—3162頁

上册寶十三首

册寶入門，《隆安》

威儀皇止，庶尹在庭。爰舉徽章，遹觀厥成。勒崇揚休，寫之瓊瑛。迄于萬祀，發聞惟馨。

册寶升殿，《崇安》

有猶有言，順承天則。聿崇號名，再揚典册。朱英寶函，左右翼翼。千秋萬歲，保兹無極。

迎神，《歆安》

黄鍾宫　籩豆大房，犧尊將將。馨香既登，明靈迪嘗。其樂伊何？吹笙鼓簧。靈來燕娭，降福無疆。

大吕角二奏　吉蠲惟時，禮儀既備。奉璋峨峨，群公在位。神之格思，永錫爾類。展彼令德，於焉來暨。

太簇徵二奏　雍雍在宫，翼翼在庭。顯相休嘉，肅雍和鳴。神嗜飲食，明德惟馨。綏我思成，式燕以寧。

應鍾羽二奏 犧牲既成，籩豆有楚。摐金擊石，式歌且舞。追懷懿德，令聞令儀。靈兮來格，是享是宜。

罍洗，《嘉安》

嘉肴旨酒，潔粢豐盛。既盥而往，以我齊明。有孚顒若，黍稷非馨。神之格思，享于克誠。

升降，《熙安》

佩玉鏘鏘，其來雝雝。陟降孔時，步武有容。恪兹祀事，神罔時恫。綏我邦家，福禄來崇。

酌獻，《明安》

旨酒嘉栗，有飶其香。衎我淑靈，歆此令芳。德貽彤管，號正椒房。神具醉止，降福穰穰。

退文舞、進武舞，《昭安》

籥翟既陳，干戚斯揚。進旅退旅。一弛一張。其儀不忒，容服有光。以宴以娭，德音不忘。

亞、終獻，《和安》

望高六宫，位應四星。輔佐君子，警戒相成。褘衣褒崇，琛册追榮。于以奠之，有椒其馨。

徹豆，《成安》

濯濯其英，殖殖其庭。有來群工，賚我思成。嘉肴既將，旨酒既清。《雍》徹不遲，福禄來寧。

送神，《歆安》

禮儀既備，神保聿歸。洋洋在上，不可度思。神之來兮，肸蠁之隨。神之去兮，休嘉是貽。

《宋史》卷一三四《樂志》，第3162—3164頁

上欽成皇后册寶六首

入門升殿，《顯安》

上帝錫羨，寔生婉淑。輔佐神皇，寵膺天禄。誕育泰陵，劬勞顧復。於昭徽音，久而彌郁。

迎神，《歆安》

於顯惟德，徽柔懿明。嬪于初載，有聞惟馨。肆我鼓鍾，萬舞在庭。神保是格，來止來寧。

盥洗，《嘉安》

有煒柔儀，率履不越。惠于初終，既明且達。我將我享，相盥乃登。胡臭亶時，攸介攸寧。

升降，《熙安》

苾苾其芳，殽核維旅。陟降孔時，有秩斯所。雍容内化，維神之明。明則不渝，綏我思成。

酌獻，《明安》

天維顯思，有相於內。右賢去邪，夙夜儆戒。猗歟追册，重翟褘衣。既右享之，百世是儀。

亞、終獻，《和安》

酌彼玉瓚，有椒其馨。鬷假無言，雍容在庭。生莫與崇，於赫厥聲。祀事孔明，神格是聽。

《宋史》卷一三四《樂志》，第 3164—3165 頁

上明達皇后册寶五首

迎神，《歆安》

恭儉宜家，柔順承天。德昭彤管，憂在進賢。寶册褘翟，追榮壽原。四時祼享，何千萬年。

酌獻，《明安》

清宫有嚴，廣樂在庭。鍾鼓管磬，九變既成。縮茅以獻，潔秬惟馨。靈遊可想，來燕來寧。

退文舞、進武舞，《昭安》

秉翟竣事，萬舞摐金。總干揮戚，節以鼓音。禮容有煒，肸蠁來歆。淑靈是聽，雅奏愔愔。

徹豆，《成安》

登獻罔愆，俎豆斯徹。神具醉止，禮終樂闋。御事既退，珊珊佩玦。介我繁祉，歆此蠲潔。

送神，《歆安》

備成熙事，虛徐翠楹。神保聿歸，雲車夙征。鑒我休德，神交惚恍。留祉降祥，千秋是享。

《宋史》卷一三四《樂志》，第3165頁

紹興別廟樂歌五首

升殿，《崇安》

新廟肅肅，蕆事以時。陟降階墄，雍容有儀。鞠躬周旋，罔敢不祗。祝史正辭，靈其格思。

奉俎，《肅安》

肇嚴廟祀，爰圖遺芳。物必稱德，或陳或將。有縟其儀，有苾其香。靈兮來下，割烹是嘗。

懿節皇后室酌獻，《明安》

曾沙表慶，正位椒庭。徽音杳邈，宫壼儀刑。虔修祀事，清酌惟馨。縮以包茅，昭格明靈。

亞、終獻，《嘉安》

霄漢月墮，郊原露晞。徽音如在，延佇來歸。有酒既清，累觴載祗。神具醉止，燕衎怡怡。

徹豆，《甯安》

仙馭弗返，眇邈清都。薦此嘉殽，即豐既腴。奠享有成，鼓樂愉愉。徹我豆籩，率禮無逾。

《宋史》卷一三四《樂志》，第3165—3166頁

乾道別廟樂歌三首

詣廟,《乾安》

涓選休辰,于秋之杪。既齊既戒,爰假祖廟。有侐儀坤,舊章是傚。享祀奚爲?天子純孝。

升殿,《乾安》

宗祀九筵,先薦閟宮。陟自東階,煌煌袞龍。於穆聖善,監茲禮容。是享是宜,介福無窮。

懿節皇后室酌獻,《歆安》

丕顯文母,厚德維坤。仙馭雖邈,徽音固存。瑟彼玉瓚。酌此鬱尊,簡簡穰穰,裕我後昆。

《宋史》卷一三四《樂志》,第3166頁

紹熙别廟二首

安穆皇后室酌獻，《歆安》

祥發俔天，符彰夢日。有懷慈容，孝享廟室。泰尊是酌，旨酒嘉栗。靈其格思，祚以元吉。

安恭皇后室酌獻，《歆安》

美詠河洲，德嬪嬀汭。徽音如存，肇修祀事。縮以包茅，酌以醴齊。靈來顧歆，降福攸備。

《宋史》卷一三四《樂志》，第3167頁

紹興二十九年顯仁皇后祔廟一首

酌獻，《歆安》

恭惟聖母，躋祔孔時。陳羞宗祏，徽福坤儀。鍾鼓惟序，牲玉載祇。於皇來格，永介丕基。

《宋史》卷一三四《樂志》，第3167頁

開禧三年成肅皇后祔廟一首

酌獻，《歆安》

天合重華，内治昭融。承承繼繼，保佑恩隆。歸從阜陵，登祔太宫。燕我後人，福禄來崇。

《宋史》卷一三四《樂志》，第3167頁

真宗奉聖祖玉清昭應宫御製十一首

元脱脱《宋史·樂志》曰：「（大中祥符）五年，聖祖降……聖製薦獻聖祖文舞曰《發祥流慶之舞》，武舞曰《降真觀德之舞》。自是，玉清昭應宫、景靈宫親薦皆備樂，用三十六虡。」①

① 《宋史》卷一二六，第2947頁。

降聖，《真安》

巍巍真宇，奕奕殊庭。規模太紫，炳焕丹青。元命祇答，大猷是經。多儀有踐，丕應無形。肆設金石，聲聞杳冥。佇回飆馭，永祐基扃。

奉香，《靈安》

芳氣上浹，飆馭下臨。紹承丕緒，永勵精明。氤氳成霧，蔥郁垂陰。虔恭對越，介祉攸欽。

奉饌，《吉安》

發祥有自，介福無疆。紛綸丕應，保佑下方。嘉薦斯備，雅奏具揚。寅威洞達，監眄昭章。

玉皇位酌獻，《慶安》

無體之體，强名之名。監觀萬寓。統治九清。真期保祐，瑞命昭明。乾乾翼翼，祇答財成。

聖祖位酌獻，慶安

於昭靈貺，誕啓鴻源。功濟庶彙，慶流後昆。蘭肴登俎，桂酒盈尊。俯回飆駕，永庇雲孫。

太祖位酌獻，《慶安》

赫赫藝祖，受命高穹。威加海外，化浹區中。發祥宗祏，錫祐眇冲。欽承積德，勵翼精衷。

太宗位酌獻，《慶安》

明明文考，儲精上蒼。禮樂明備，溥率賓王。功德累洽，歷數會昌。孝思罔極，丕祐無疆。

亞、終獻，《冲安》

太初非有體，至道本無聲。降迹臨下土，成功陟上清。至仁敦動植，丕緒啓宗祊。紫禁承來格，鴻基保永寧。發祥垂誕告，致孝薦崇名。廣樂神欽奉，儲休固太平。

飲福，《慶安》

明明始祖，誕啓慶基。翼翼後嗣，虔奉孝思。精潔斯達，祉福咸宜。于以報貺，於以受釐。

徹饌，《吉安》

雕俎在御，飆駕聞聲。真遊斯降，旨酒斯盈。大樂云闋，大禮云成。徹彼常薦，罄此明誠。

送聖，《真安》

精心既達，真遊允臻。禮容斯舉，福應惟醇。將整仙馭，言還上旻。永存嘉貺，用泰烝民。

《宋史》卷一三五《樂志》，第3169—3171頁

卷一八　宋郊廟歌辭一八

迎奉聖像四首并用《慶安》

玉皇位　玉虛上帝，金像睟容。宅真雲構，綀日龜從。維皇對越，率禮寅恭。靈心丕應，福禄來崇。

聖祖位　總化在天，保昌厥緒。降格皇闈，瓊輪載御。藻仗星陳，睟容金鑄。佑我慶基，宅兹靈宇。

太祖位　烝哉大君，聿懷帝祖！鎔範真儀，奉尊靈宇。至感祥開，洪輝物睹。瞻謁盡恭，飛英率土。

太宗位　於顯神宗，德洽區中。祥金爍冶，範兹睟容。殊庭胥宇，備物致恭。明威有赫，降福來同。《宋史》卷一三五《樂志》，第3171頁

玉清昭應宫上尊號三首

奉告，《隆安》

登隆妙號，欽翼淵宗。茂宣德禮，有恪其容。奉璋升薦，垂佩彌恭。揚休詠美，以間笙鏞。

太初殿奉册寶，《登安》

皇靈垂祐，洪福彌隆。祗率綿寓，潔祀真容。嚴恭奉册，對越清躬。晬容肅穆，懿號尊崇。禮盛樂舉，福禄來同。

二聖殿奉絳紗袍，《登安》

赫赫列聖，威德巍然。彤彤靈宇，晬儀在焉。奉以龍衮，被之象天。重慶宗稷，億萬斯年。

《宋史》卷一三五《樂志》，第3171—3172頁

朝謁太清宮九首

按，詩題原缺，《文獻通考·樂考》作《朝謁太清宮九首》，本卷從之。①

太尉奉聖號册寶，《真安》

上昊降監，介祉實繁。邦家修報，妙道歸尊。增名霄極，奉册靈軒。茂宣聖典，永祐黎元。

寶册升殿，《大安》

圖書昭錫，典禮紹成。烝民何幸，教父儲靈。欽承景貺，祇奉崇名。臻虔寶册，垂祐基扃。

① 《文獻通考》卷一四三，第4328頁。

降神，《真安》

猶龍之聖，降生厲鄉。教流清净，道符混茫。大君肅謁，盛儀允臧。森羅羽衛，躬薦蕭薌。簪紱濟濟，鍾石洋洋。高真至止，介福誕祥。

奉玉幣，《靈安》

琳宫奕奕，黼坐煌煌。玉帛成禮，飆馭延祥。鴻儀有則，景福無疆。嘉應昭協，丕猶誕揚。

奉饌，《吉安》

金奏以諧，飆遊斯格。靈監章明，皇心勵翼。肅奉雕俎，來升綵席。享德有孚，凝禧無斁。

酌獻，《大安》

欽崇至道，肅謁殊庭。順風而拜，明德惟馨。飆馭來格，尊酒斯盈。是酌是獻，心通杳冥。

飲福，《大安》

彼渦之壤，指李之區。千乘萬騎，來朝密都。躬陳芳薦，款接仙輿。飲酒受福，永耀鴻圖。

亞、終獻，《正安》

邈矣道祖，冥幾惚恍。常德不離，至真無象。引位清穹，降祥神壤。酌醴薦誠，控飆來享。

送神，《真安》

醴盞在户，金奏在庭。籩豆有踐，黍稷非馨。義盡蠲潔，誠通杳冥。言旋風駟，祚我修齡。

《宋史》卷一三五《樂志》，第3172—3173頁

太極觀奉册寶一首

《登安》之曲

薦號穹冥，登名祖禰。陟配陽郊，協宣典禮。感電靈區，誕聖鴻懿。册寶斯陳，福禄來曁。

《宋史》卷一三五《樂志》，第3173頁

景靈宮奉册寶一首

《登安》之曲

穆穆真宗，錫羡蕃昌。飆輪臨貺，諄誨洞彰。虔崇懿號，祇答景祥。至誠致享，降福無疆。

《宋史》卷一三五《樂志》，第3173—3174頁

景祐元年親享景靈宮二首

元脱脱《宋史·樂志》曰：「作《太安》以享景靈宮，罷舊《真安之曲》。」①

① 《宋史》卷一二六，第2954頁。

降真，《太安》

真館奉幣，潔齊致馨。靈因斯格，社稷慶寧。

送真，《太安》

椒漿尊享，珍饌精祈。睟容杳邈，瑶輅霞飛。《宋史》卷一三五《樂志》，第3174頁

大觀三年朝獻景靈宫二首

奉饌，《吉安》

威靈洋洋，靡有常嚮。於惟欽承，來假來饗。博碩芬香，是烝是享。奉器有虔，載德無爽。爾牲既充，是亯是肆。爾肴既具，是羞是饋。非物之重，惟德之備。神之格思，歆我精意。《宋史》卷一三五《樂志》，第3174頁

景靈宫奉香幣《靈安》之曲大呂宫

趙鼎臣

我躬我饗，以我齊明。肅乎儼然，如聞其聲。有度斯篚，明德惟馨。猗歟格思，綏我思成。

《竹隱畸士集》卷一五，景印文淵閣四庫全書，册 1124，第 231 頁

紹興七年朝獻景靈宫樂歌一首

清徐松《中興禮書》題曰：「（紹興七年）二十二日，學士院准内降封下明堂大禮，前二日朝獻景靈宫，前一日朝饗太廟，樂曲樂章（内明堂行禮，樂章樂曲與元年同）。」①按，此詩與《高宗郊前朝獻景靈宫二十一首》其一「皇帝入門，《乾安》」題同辭異，且《中興禮書》詳載曲調，故予收録。此詩題爲筆者所加。

① 《中興禮書》卷六四，續修四庫全書，册 822，第 258 頁。

皇帝詣盥洗，黄鍾宫《乾安》之曲

維皇齋居，承神其助。顒顒昂昂，龍步雲趨。華光爛如，精明之符。注兹酌兹，神人用孚。

黄姑蕤林蕤沽南林蕤林蕤姑姑太南林黄南黄姑黄南太黄林南應南南姑太黄

〔清〕徐松輯《中興禮書》卷六三，續修四庫全書，册822，第258頁

紹興十三年朝獻景靈宫樂歌一首

清徐松《中興禮書》云：「紹興十三年六月二十三日，禮部言太常寺申將來郊祀大禮合用樂章，乞從本寺具合用曲名、節次，申學士院修撰降下教習。詔依。續准降下郊祀大禮，并前三日朝獻景靈宫，前一日朝饗太廟登門肆赦樂章。」①按，詩題爲筆者所加。

① 《中興禮書》卷一五，續修四庫全書，册822，第62頁。

第64頁

皇帝入門，宮架奏黄鍾宮《乾安》之曲

維黄皇姑齊蕤居林，承蕤神姑其南初林。顒蕤顒（休）〔林〕昂蕤昂姑，龍姑步太雲南趍林。華黄光南爛黄如姑，精黄明南之太符黄。注林兹南酌應兹南，神南人姑用太孚黄。《中興禮書》卷一五，續修四庫全書，册822，第64頁

高宗郊前朝獻景靈宫二十一首

按，清徐松《宋會要輯稿·樂六》收前三首，注曰「嘉定二年」，①歌辭略異。又還位用《乾安》（帝臨閟庭）、徹饌用《吉安》、降殿用《乾安》、還大次用《士安》亦見周麟之《海陵集》卷一二，題作：「皇帝還位，《乾安》之曲」「尚書徹饌，《吉安》之曲」「皇帝降殿，《乾安》之曲」「皇帝還大次，《乾安》之曲」，辭同。《全宋詩》卷二〇八九亦有收録，題作：《景靈宫樂章·皇帝還位〈乾安〉之曲》《景靈宫樂章·尚書徹饌〈吉安〉之曲》《景靈宫樂章·皇帝降殿〈乾

① 《宋會要輯稿》，册1，第443頁。

安〉之曲》《景靈宫樂章·皇帝還大次〈乾安〉之曲》，辭同。

皇帝入門，《乾安》

維皇齊居，承神其初。顒顒昂昂，龍步雲趨。景鍾鏗如，肅覲清都。肸蠁之交，神人用孚。

升殿，《乾安》

帝既臨享，罄茲精意。對越在天，爰升紫陛。孔容翼翼，保承丕緒。孝奉天儀，永錫爾類。

降聖，《太安》

惟德馨香，升聞八方。粤神臨之，來從帝鄉。萬靈景衛，有煒其光。監我精純，降福穰穰。

盥洗，《乾安》

齋居皇皇，瓊琚鏘鏘。承祭之初，其如在旁。挹彼注茲，儲禧迎祥。神之聽之，欣欣樂康。

聖祖位，《乾安》

涓選休辰，有事嘉薦。琅琅瓊珮，陟降巖殿。其陟伊何？幣玉斯奠。周旋中禮，千億儲羡。

聖祖位奉玉幣，《靈安》

上靈始祖，雲景元尊。嚴祀夙展，六樂朱軒。明玉之潔，豐帛之温。暢乃繼序，承德不愆。

還位，《乾安》

我后臨饗，奠幣攸畢。式旋其趨，榘度有式。禮容齋莊，孝思純實。天休滋至，時萬時億。

奉饌，《吉安》

百職駿奔，來相于庭。奉盛以告，登兹芳馨。際天蟠地，默運三靈。神兮來歆，祚我休平。

再盥洗，《乾安》

有嚴大禮，對時休明。情文則粲，蠲潔必清。再臨觀盥，以專以精。真遊來格，永觀厥成。

再詣聖祖位，《乾安》

於赫炎宋，十葉華耀。屬兹郊報，陟降在廟。其降伊何？椒漿桂酒。再拜斟酌，永御九有。

聖祖位酌獻，《祖安》御製

瑶源誕啓，玉牒肇榮。覆育群有，監觀圓清。酒醴既洽，登薦惟誠。無有後艱，駿惠雲仍。

還位，《乾安》

奠鬯告成，式旋厥位。天步雍容，神人燕喜。九廟觀德，百靈薦祉。子孫其昌，垂千萬祀。

文舞退、武舞進，《正安》

於皇樂舞，進旅退旅。一弛一張，笙磬具舉。豈惟玩聲，象德是似。神鑒孔昭，福禄來予。

亞、終獻，《冲安》

五音飭奏，神既億康。澹其容與，薦此嘉觴。有來顯相，鏘玉鏘鏘。奉承若宥，罔不齊莊。

飲福，《報安》

嘉薦既終，神貺斯復。賚我思成，靈光下燭。孝孫承之，載祇載肅。敷錫庶民，函蒙祉福。

還位，《乾安》

帝臨閟庭，逆釐上靈。神鶵安坐，肅若有承。嘉觴既申，德聞惟馨。靈光留俞，祚我億齡。

徹饌，《吉安》

普淖既薦，苾芬孔時。神嗜而顧，有來燕娭。饗矣將徹，載欽載祇。展詩以侑，益臻厥熙。

送真，《太安》

雍歌既徹，熙事備成。神夕奄虞，忽乘青冥。靈心回眷，監我精禋。誕降嘉祉，休德昭清。

降殿，《乾安》

我秩元祀，上推靈源。展事有恤，祲威肅然。丹墄既降，秉心益虔。荷天之休，于千萬年。

望燎，《乾安》

奕奕靈宮，有嚴毖祀。燔燎具揚，禮儀既備。帝心肅祇，天步旋止。對越在天，永膺蕃祉。

還大次，《乾安》

帝將于郊，昭事上祀。爰茲畢觴，復即於此。飆游載旋，容旌沓騎。維皇嘉承，錫祚昌熾。

《宋史》卷一三五《樂志》，第3174—3177頁

高宗明堂前朝獻景靈宮十首

降聖，《大安》

德惟馨香，升聞八方。粤神之從，燦然有光。驂飛乘蒼，啾啾蹌蹌。逍遥從容，顧予不忘。

升殿，《乾安》

帝既臨享，龍馭華耀。孝孫承之，陟降在廟。誠意上交，慶陰下冒。天休駢至，千億克紹。

聖祖位奠玉幣，《靈安》

玉氣如虹，豐繒充筥。既奉既將，亦奠在位。有永群后，實相祀事。何以臨下？心意不貳。

奉饌，《吉安》

瓊琚鏘鏘，玄衣綉裳。薦嘉升香，粢盛芬芳。禮儀莫愆，鼓鍾喤喤。曾孫之常，綏福無疆。

聖祖位酌獻，《祖安》

裴回若留，靈其有喜。薦我馨香，挹兹酒醴。我祖在天，執道之紀。申佑無疆，奏神稱禮。

文舞退、武舞進，《正安》

進旅退旅，載執干戚。不愆于儀，容服有赫。式妥式侑，神保是格。靈鑒孔昭，孝思維則。

亞、終獻，《冲安》用舊辭。

飲福，《報安》

於赫大神，總司元化。監我純精，威光來下。延昌之貺，千億馮藉。曾孫保之，丕平是迓。

徹饌，《吉安》

洋洋降臨，肅肅布列。熙事既成，嘉籩告徹。九天儲慶，垂佑無缺。寖明寖昌，綿綿瓜瓞。

送真，《太安》

高飛安翔，持御陰陽。幽贊圓穹，監觀四方。元精回復，奄虞孔良。畢觴降嘏，偃蹇于驤。

望燎，《乾安》

奕奕原祠，有嚴毖祀。禮儀孔宣，燔燎斯暨。帝心肅祇，天步旋止。熙事既成，永膺蕃祉。

《宋史》卷一三五《樂志》，第3177—3178頁

卷一九　宋郊廟歌辭一九

孝宗明堂前朝獻景靈宮八首

清徐松《宋會要輯稿·樂六》注曰：「嘉定二年。」①

盥洗，《乾安》

合宮之饗，報本奉先。欽惟道祖，濬發璿源。駕言謁款，其盥惟虔。尚監精衷，錫祚綿綿。

聖祖，《乾安》

駿命有開，慶基無窮。祗率百辟，仰瞻晬容。鼓鐘斯和，黍稷斯豐。靈其居歆，福祿來崇。

① 《宋會要輯稿》，册1，第443頁。

還位，《乾安》

嘉玉既設，量幣即陳。髣髴靈游，來顧來寧。對越伊何？厥惟一純。佑我熙事，以迄于成。

奉饌，《吉安》

發祥仙源，流澤萬世。曷其報之？親饗三歲。相維列卿，潔粢是饋。匪物之尚，誠之爲至。

再詣盥洗，《乾安》

華燈熒煌，瑞烟氤氳。威神如在，蠲潔必親。再盥于罍，再帨于巾。皇心肅祗，其敢憚勤。

再詣聖祖位，《乾安》

歲逢有年，月旅無射。我將我饗，如幾如式。肅爾臣工，諧爾金石。本原休功，垂裕罔極。

還位，《乾安》

旨酒思柔，神具醉止。工祝既告，孝孫旋位。何以酢之？純嘏來備。燕及雲來，蕃衍無已。

文舞退、武舞進，《正安》

象德之成，有奕其舞。一弛一張，進旅退旅。嘒以管簫，和以鏞鼓。神其樂康，永錫多祜。

《宋史》卷一三五《樂志》，第3178—3179頁

淳熙六年明堂前朝獻景靈宫樂歌一首

按，詩題爲筆者所加。

皇帝還大次，宫架奏黄鍾宫《乾安》之曲

我黄將姑我應享南，昭應事南上蕤帝林。爰林茲姑畢南觴林，復應即南于蕤次林。飆林斿南載黄旋姑，容黄旌南香太騎黄。維應皇南嘉林承南，錫南作姑昌太熾黄。

《中興禮書》卷六四，續修四庫全書，册822，第266頁

寧宗郊前朝獻景靈宮二十四首

清徐松《宋會要輯稿・樂六》注曰：「嘉定五年。八年、十一年、十四年并同此。」①

皇帝入門，《乾安》

閟幄邃深，雲景杳冥。天清日晬，展容玉庭。締基發祥，希夷降靈。神其來燕，是饗是聽。

升殿，《乾安》

帝居瑶圖，璿題玉京。日月經振，列宿上熒。桂篚飶芬，瑚器華晶。夤承禋祀，用戒昭明。

① 《宋會要輯稿》，册1，第430頁。

降神，《太安》六變

圜鐘爲宮　四靈晨耀，五緯夕明。風雲晏和，天地粹清。靈兮來迎，靈兮來寧。啓我子孫，饗于純精。

黄鐘爲角　芬枝揚烈，熉珠叶陶。闓珍闡符，展詩舞《韶》。神哉來下，神哉來翱。肅若有承，靈心招摇。

太簇爲徵　龍車既奏，鳳馭載翔。帝幄佇靈，天衢騰芳。神來留俞，神來蹇驤。禮罔樂明，奏假孔將。

姑洗爲羽　虹旌蜺旄，鸞旗翠蓋。星樞扶輪，月御叶衛。靈至陰陰，靈般裔裔。來格來饗，福流萬世。

盥洗，《乾安》

禮文有俶，祀事孔明。將以潔告，允惟齊精。自盥而往，聿觀厥成。靈監下臨，天德其清。

詣聖祖位，《乾安》

維宋肖德，欽天顧右。於皇道祖，丕釐靈祐。葛藟殖繁，瓜瓞孕茂。克昌厥後，世世孝奏。

聖祖位奉玉幣，《靈安》高宗御製，見前。

皇帝還位，《乾安》

桂宫眈眈，藻儀穆穆。天回衮彩，風韶璜玉。《咸》《英》皦亮，容典炳煜。假我上靈，景命有僕。

奉饌，《吉安》

我簠斯盈，我簋斯實。或剥或烹，或燔或炙。有骰既將，爲俎孔碩。禮儀卒度，永錫爾極。

再盥洗，《乾安》

觴澮初勺，禮戒重盥。假廟以萃，取象於觀。清明外暢，精肅中貫。我儀圖之，三靈攸贊。

再詣聖祖位，《乾安》

肇基駿命，鞏右鴻業。鼎玉龜符，垂固萬葉。靈貺具臻，神光燁燁。暉祚無疆，規重矩疊。

聖祖位酌獻，《祖安》高宗御製，見前。

還位，《乾安》

皇帝瑞慶，長發其祥。纂系悠遠，遡源靈長。德之克明，休烈有光。配天作極，孝饗是將。

文舞退、武舞進，《正安》

持翟成象，秉朱就列。旄乘整溢，鳳儀諧節。揮舒皇文，歌蹈先烈。合好效歡，福流有截。

亞獻，《冲安》

光熉紫幄，神流玉房。秉文侑儀，嘉虞貳觴。震澹醉喜，彷彿迪嘗。璇源之休，地久天長。

終獻，《冲安》

靈輿蹇驤，畢觴泰筵。貳饗允穆，祼將克竣。垂恩儲祉，錫羡永年。將以慶成，燕及皇天。

詣飲福位，《乾安》

若木露英，清雲流霞。蔓蔓芝秀，馮馮桂華。綿瑞無疆，産嘏孔奢。皇則受之，鞏我帝家。

飲福酒，《報安》

旨酒惟蘭，勺漿惟椒。福流瓚斝，光燭琨瑶。拜貺清宫，凝輝慶霄。神其如在，徘徊招摇。

還位，《乾安》

烝哉我皇，繼天毓聖！逆釐元都，對越靈慶。如天斯久，如日斯盛。瑶圖濬邈，永隆駿命。

徹饌，《吉安》

房鉶陳列。室簋登奉。告饗具歆，展徹惟拱。祥光奕奕，嘉氣懞懞。受嘏不訾，燕天之寵。

送真,《太安》

雲車風馬,靈其來游。天門軼蕩,神其莫留。遺慶陰陰,祉發祥流。康我有宋,與天匹休。

降殿,《乾安》

璇庭爛景,紫殿流光。禮洽乾回,福應日昌。聖系厖鴻,景命溥將。德茂功成,率祀無疆。

詣望燎位,《乾安》

厥初生民,淵濬唯祖。芳薦既輟,明燎具舉。德馨升聞,靈貺蕃詡。懷濡上靈,佑周之祜。

還大次,《乾安》

帝假于宫,彝承清祀。天暉臨幄,宸衛森峙。行繇大室,旋趨紫畤。率禮不違,式雱靈祉。

《宋史》卷一三五《樂志》,第3180—3183頁

理宗明堂前朝獻景靈宮二首 餘用舊辭

升殿，登歌《乾安》

我享我將，罄兹精意。陟降左右，維天與契。齋明乃心，祇肅在位。於萬斯年，百福來備。

亞獻，宫架《冲安》

慶雲郁郁，嗚璆琅琅。澹其容與，申薦貳觴。奉承若宥，神其樂康。錫以多祉，源深流長。

《宋史》卷一三五《樂志》，第3183頁

大中祥符封禪十首 餘同南、北郊

元脱脱《宋史·樂志》：「(大中祥符元年)九月……時以將行封禪，詔改酌獻昊天上帝《禧安之樂》爲《封安》，皇地祇《禧安之樂》爲《禪安》，飲福《禧安之樂》爲《祺安》，别製天書樂章《瑞安》《靈文》二曲，每親行禮用之。」①

山上圜臺降神，《高安》

巖巖泰山，配德於天。奉符展采，翼翼乾乾。滌濯靜嘉，罔有弗蠲。上帝顧諟，泠風肅然。

昊天上帝坐酌獻，《奉安》

皇天上帝，陰騭下民。道崇廣覆，化洽鴻鈞。靈文誕錫，寶命惟新。增高欽事，式奉嚴禋。

太祖配坐酌獻，《封安》

於穆聖祖，肇開鴻業。我武惟揚，皇威有曄。四隩混同，百靈震疊。陟配高穹，明靈是接。

---

① 《宋史》卷一二六，第 2946 頁。

太宗配坐酌獻，《封安》

祇若封祀，神宗配天。禮樂明備，奠獻精虔。景靈來格，休祥藹然。於昭垂慶，億萬斯年。

亞獻，《恭安》

因高定位，禮修物備。薦鬯卜牲，虔恭寅畏。八音克諧，天神咸暨。降福穰穰，永錫爾類。

終獻，《順安》

浩浩元精，無臭無聲。臨下有赫，得一以清。備物致享，薦兹至誠。泰尊奠獻，夙夜齊明。

社首壇降神，《靖安》

至哉坤元，資生伊始。博厚稱德，沈潛柔止。降禪方位，聿修明祀。寅恭吉蠲，永錫蕃祉。

皇地祇坐酌獻，《禪安》

坤德直方，博厚無疆。秉陰得一，静而有常。寶藏以發，乃育百昌。肅祇禪祭，錫祉穰穰。

太祖配坐酌獻，《禋安》

皇矣聖祖，丕赫神武。秉運宅中，威加九土。德厚功崇，頌聲載路。陟配方祇，對天之祜。

太宗配坐酌獻，《禋安》

毖祀柔祇，報功厚載。思文太宗，侑神嚴配。鐘石斯和，籩豆咸在。永錫坤珍，資生爲大。

《宋史》卷一三五《樂志》，第3183—3185頁

汾陰十首

清徐松《宋會要輯稿·樂六》曰：「大中祥符三年諸臣撰，十曲。」①降神用《靖安》，《宋會要輯稿·樂六》作后土迎神用《静安》。②

① 《宋會要輯稿》，册1，第450頁。

② 《宋會要輯稿》，册1，第450頁。

降神,《靖安》

茫茫坤載,粤惟太寧。資生光大,品物流形。瞻言汾曲,允宅神靈。聖皇躬享,明德惟馨。

奠玉幣,登歌《嘉安》

至誠旁達,柔祇格思。奉以琮幣,致誠在兹。

奉俎,《豐安》

博碩者牲,載純其色。體薦登俎,聿崇坤德。

后土地祇坐酌獻,《博安》

秉陰成德,敏樹宣功。應變審諦,神力無窮。沈潛剛克,流謙示中。潔兹奠獻,妙物玄通。

太祖配坐酌獻,《博安》

坤元茂育,植物成形。於穆聖祖,功齊三靈。嚴恭配侑,厚德攸寧。永懷錫羨,歆此惟馨。

太宗配坐酌獻，《博安》

報功厚載，祀事惟明。思文烈考，道濟群生。侑神定位，協德安平。馨潔并薦，享于克誠。

飲福，《博安》

寅威竇命，明祀惟虔。協神備物，罔不吉蠲。后祇格思，靈飆肅然。誕受景福，遐哉億年！

亞、終獻，《正安》

至哉柔祇，滋生蕃錫。滌濯静嘉，寅恭夕惕。金奏純如，萬舞有奕。立我烝民，莫匪爾極。

后土廟降神，《靖安》

博厚流形，秉陰成德。柔順剛正，直方維則。明祇格思，素汾之側。祇載吉蠲，宸心翼翼。

酌獻，《博安》

至哉物祖，設象龍脽。動静之德，翕辟攸宜。嘉栗以薦，精禱洪釐。茂宣陰貺，五穀蕃滋。

《宋史》卷一三五《樂志》，第3185—3186頁

祇奉天書六首

朝元殿酌獻，《瑞文》

妙道非常，神變無方。惟天輔德，靈貺誕章。玄文昭錫，寶曆彌昌。禮崇明祀，式薦馨香。

含芳園，《瑞文》

運格熙盛，將封介丘。禮神之域，瑞命殊尤。靈文荐降，丕顯皇猷。聖心肅奉，永洽鴻休。

泰山社首壇升降，《瑞文》

玄穹眷懷，寶符申錫。垂露騰文，粲然靈迹。發祥吉圖，純熙寫奕。登薦欽崇，式昭天曆。

奉香酌獻，《瑞安》

謂天蓋高，惟皇合德。倬彼靈章，圖書是錫。眷命諄諄，被以遐曆。膺籙告成，虔恭欽翼。

地届興王，祥開圖籙。典禮昭成，祺祥交屬。大輅逶迤，卿雲紛郁。祐我含靈，錫兹介福。

祥符七年奉祀畢，天書回至應天府，有雲物之瑞，命製是曲，以紀休應。

升降，《靈文》

旻穹無聲，惟德是輔。降監錫符，垂文篆素。孝瑞紀封，英聲載路。既壽而昌，篤天之祜。

《宋史》卷一三五《樂志》，第3186—3187頁

卷二〇　宋郊廟歌辭二〇

祭九鼎十二首

《全宋詩》題注曰：「詩中僅及八鼎，據《宋史》卷一〇四《禮志》，當奪立春祭牡鼎之辭，帝鼐土王日祀降神用《景安》。」①

帝鼐降神，《景安》

日號土王日祀丙丁，方號中央。德惟其時，蠲吉是將。夫何飲之？黄流玉瓚。夫何食之？有陳伊饌。

① 《全宋詩》卷三七三〇，册71，第44938頁。

奉饌，《豐安》

粢盛既豐，牲牢既充。展茲熙事，温温其恭。惟明欣欣，燔炙芬芬。保乎天子，緐祉薦臻。

亞、終獻，《文安》

工祝致辭，黄流協鬯。爰登清歌，載期神享。噫予誠心，精禋是虔。嘉予陳祀，豐盈豆籩。

春分，蒼鼎亞、終獻，《成安》

法乾剛兮，鑄鼎奠方。涓嘉旦兮，齊明迎祥。胡爲持幣？維箱及筥。胡爲和羹？有錡維釜。

立夏，罔鼎迎神，《凝安》

我方東南，我日朱明。爰因其時，鼎以罔名。粢盛既馨，牲牷既盈。佑我皇家，巽令風行。

亞、終獻，《成安》

黄流在中，惟馨香祀。於薦于神，爰祇厥事。禮從多儀，以進爲文。尊斝三獻，昭示孔勤。

夏至，彤鼎酌獻，《成安》

犧尊將將，徂基自堂。牲牷肥循，鼓鐘喤喤。肆予醴齊，椒馨飶香。聿來歆顧，天祚永昌。

立秋，阜鼎酌獻，《成安》

明德崇享，磬筦鏘鏘。鏗兮佩舉，峨冠齊莊。肆陳有序，承篚是將。其牲伊何？籩豆大房。

秋分，皛鼎亞、終獻，《成安》

神宫巍巍，庭燎有輝。聲諧備樂，物陳豐儀。清酤既載，酌言獻之。惟神醉止，聿來蕃釐。

立冬，魁鼎迎神，《凝安》

時運而冬，乃神玄冥。陰陽相推，豐年以成。越陳嘉肅，牲牢粢盛。來享來依，監于明誠。

酌獻，《成安》

罍之初登，其儀昭陳。罍之既祼，其香升聞。神心嘉止，於焉欣欣。貽我有年，穰穰其仁。

冬至，寶鼎奠幣，《明安》

秉心齊明，奉牲博碩。匏絲鏗陳，冠佩儼飾。其肆其將，明神來格。執奠維何？猗歟幣帛！

《宋史》卷一三五《樂志》，第3187—3189頁

祭晶鼎

趙鼎臣

迎神，《凝安》之曲 南吕宫

帝纘禹功，以作寶鎮。屹然皇威，萬國時訓。曰兑之方，神司其職。既分而中，維薦用格。

升、降殿，《同安》之曲 南吕宫

有將維馨，有假維誠。蹜蹜其降，栗栗其升。神錫余休，惠然肯留。敢不肅祇，薦此庶羞。

奠幣，《明安》之曲南吕宫

嘉薦惟時，精意式孚。沼沚之毛，其可虛拘。明禮而求，又實以篚。雖儀之多，物不敢廢。

酌獻，《成安》之曲南吕宫

秋既分矣，物落其華。剥棗登禾，穰穰滿家。神奠其方，穀我士女。敢不吉蠲，以薦稷黍。

亞、終獻，《成安》之曲南吕宫

既薦清酤，神樂且湛。尚其饗之，于再而三。我之媚神，夫豈其已。鼓瑟歈笙，神具醉止。

送神，《凝安》之曲南吕宫

神既饗矣，浩其莫留。乘彼閶闔，燕于蓐收。奸妖播奔，魑魅執囚。維皇之將，百禄是遒。

《竹隱畸士集》卷一五，景印文淵閣四庫全書，册1124，第234頁

祭會應廟

趙鼎臣

迎神，《禧安》之曲 姑洗宮

惟皇建國，宅是浚都。百神受職，靡功弗圖。嘯雨呼雲，偉此神物。賁然來思，饗我嘉粟。

升、降堂，《雅安》之曲 南呂宮

我酒惟旨，我樂惟諧。既升于堂，復降于階。匪伊勤斯，維神之假。其安其徐，嗜此飲食。

奠幣，《文安》之曲 南呂宮

神之至矣，會言嘉矣。幣惟禮矣，實此篚矣。窅兮幽幽，誰則測之。皇祀之恤，其必格之。

酌獻，《愷安》之曲 南呂宮

日吉時良，神兮滿堂。薦我桂酒，酌我椒漿。噫嗚爲雲，咄嗟爲雨。天子是承，介予稷黍。

送神，《登安》之曲姑洗宫

靈兮連蜷，忽兮蛇蜒。或升于霄，或降于淵。食于帝都，錫號有崇。其欽其承，咸祇厥功。

《竹隱畸士集》卷一五，景印文淵閣四庫全書，册1124，第235—236頁

大中祥符五嶽加帝號祭告八首

迎神，《静安》

鍾石既作，俎豆在前。雲旗飛揚，神光肅然。當駕飆欻，來乎青圓。言備縟禮，亨茲吉蠲。

册入門，《正安》

節彼喬嶽，神明之府。秩秩威儀，肅肅靈宇。懿號克崇，庶物咸睹。帝籍升名，式綏九土。

酌獻東嶽，《嘉安》

節彼岱宗，有嚴廟貌。惟辟奉天，依神設教。帝典焜煌，嘉薦普淖。至靈格思，殊祥是效。

南嶽

作鎮炎夏，畜兹靈光。敷與萬物，既阜既昌。爰刻温玉，式薦徽章。昭嘏神意，福熙穰穰。

西嶽

瞻言太華，奠方作鎮。典册是膺，等威以峻。上公奉儀，祀宗薦信。介祉萬邦，永配坤順。

北嶽

仰止靈岳，鎮于朔方。增崇懿號，度越彝章。祇薦嘉樂，式陳令芳。永資純佑，國祚蕃昌。

中嶽

巖巖神嶽，作鎮中央。肅奉徽册，尊名孔章。聿降飆駕，載獻蘭觴。熙事允洽，寶祚彌昌。

送神，《静安》

祇薦鴻名，寅威明祀。有楚之儀，如在之祭。奠獻既終，禮容克備。神鑒孔昭，福禧來暨。

《宋史》卷一三六《樂志》，第3191—3192頁

天安殿册封五嶽帝一首

册出入，《正安》

名嶽奠方，帝儀克舉。吉日惟良，九賓咸旅。温玉鏤文，纁裳正宁。禮備樂成，篤神之祜。

《宋史》卷一三六《樂志》，第3192頁

熙寧望祭嶽鎮海瀆十七首

東望迎神，《凝安》

盛德惟木，勾芒御神。沂岱淮海，厥功在民。爰熙壇坎，哀對庶神。于以歆格，靈貽具臻。

升降，《同安》

紳韠襘兮，玉珮蕊兮。于我將事，神燕喜兮。帝命望祀，敢有不共。往返于位，肅肅雍雍。

奠玉幣，《明安》

祀以崇德，幣則有儀。肅我將事，登降孔時。精明純潔，罔有弗祗。史辭無愧，神用來娭。

酌獻，《成安》

肇兹東土，含潤無疆。維時發春，喜薦令芳。祭用薶沈，順性含藏。不涸不童，誕降祺祥。

送神，《凝安》

神之至止，熙壇爲春。神之將歸，旂服振振。欻兮回飆，窅兮旋雲。祐于東方，永施厥仁。

南望迎神，《凝安》

嵩嵇衡霍，暨厥海江。時維長養，惠我南邦。肆嚴牲幣，神式來降。以侑以妥，百福是龐。

酌獻，《成安》

景風應律，朱鳥開辰。肅肅明祀，嘉籩列陳。牲用牷物，樂奏蕤賓。克綏永福，祐此下民。

送神，《凝安》

鼓鍾云云，歆管伊伊。神既醉飽，曰送言歸。山有厚藏，水有靈德。物其永依，往奠炎宅。

中望迎神，《凝安》

維土作德，維帝御行。含養載育，萬物以成。有嚴祀典，薦我德馨。神其歆止，永用億寧。

酌獻，《成安》

高廣融結，實維中央。宣氣報功，利彼一方。坎壇以祀，六樂鏘鏘。靈其有喜，酌以大璋。

送神，《凝安》

言旋其處，以奠中域。無替厥靈，四方是則。神永不息，祀永不忒。以享以報，于萬斯年。

西望迎神，《凝安》

品物順説，時司金行。于郊迎氣，以望庶靈。雅歌維樂，圭薦惟牲。作民之祉，永相厥成。

酌獻，《成安》

西顥沆碭，執矩司秋。諏言協靈，時祀孔修。禮有薦獻，爰視公侯。秩而祭之，百福是遒。

送神，《凝安》

我樂我神，簋俎腥饔。曰神之還，西土是宫。于蕃禽魚，于衍草木。富我藪隰，滋我高陸。

北望迎神，《凝安》

帝德乘坎，時御閉藏，爰潔牷醴，兆兹北方。海山攸宅，神施無疆。具享蠲吉，降福孔穰。

酌獻，《成安》

凄寒凝陰，隕籜滌場。百物順成，黍稷馨香。款于北郊。爰因其方。何以侑神？薦此嘉觴。

送神，《凝安》

維山及川，奠宅幽方。我度其靈，降止靡常。肅肅坎壇，既迎既將。促樂徹俎，是送是望。

《宋史》卷一三六《樂志》，第3193—3195頁

紹興祀嶽鎮海瀆四十三首

東方迎神，《凝安》

帝奠九壥，孰匪我疆。繫我東土，山川相望。祀事孔時，肅雍不忘。嶪峨濛鴻，郁哉洋洋！

初獻盥洗，《同安》

青陽肇開，祀事孔飭。鬱人贊溉，其馨苾苾。敬爾威儀，亦孔之則。神之格思，無我有斁。

奠玉幣，《明安》

司曆告時，惟孟之春。爰舉時祀，旅于有神。鼓鍾既設，珪帛具陳。阜蕃庶物，以福我民。

東嶽位酌獻，《成安》

巖巖天齊，自古在昔。膚寸之雲，四方其澤。惟時東作，祀事乃飭。惠我無疆，恩沾動植。

東鎮位

惟山有鎮，雄於其方。東孰爲雄？于沂之疆。祀事有時，爰舉舊章。我望匪遥，庶幾燕饗。

東海位

澒洞鴻濛，天與無極。導納江漢，節宣南北。順助其功，善下惟德。我祀孔時，以介景福。

東瀆位

我祀伊何？于彼長淮。導源桐柏，委注蓬萊。扞齊護楚，宣威示懷。豆籩列陳，亦孔之偕。

亞、終獻，酌獻四位并同

我祀孔肅，神其安留。容與裴回，若止若浮。洽此重觴，申以百羞。無我斁遺，萬邦之休。

送神，《凝安》

蹇兮紛紛，神實戾止。以歆以食，以享以祀。眑兮冥冥，神亦歸止。以醉以飽，以錫爾祉。

南方迎神，《凝安》

朱明盛長，我祀用飭。厥祀伊何？山川咸秩。如將見之，繩繩齊栗。神哉沛兮，消搖來格！

初獻盥洗、升降，《同安》

爰熙嘉壇，揭虔毖祀。鬱人沃盥，贊我祼事。于降于登，以作以止。莫不肅雍，告靈饗矣。

奠玉幣，《明安》

我祀我享，儀物孔周。一純斯舉，二精聿修。璞兮其温，絲兮其紑。是薦潔蠲，神兮安留。

南嶽位酌獻，《成安》

神曰司天，居南之衡。位焉則帝，于以奠方。南訛秩事，望禮有常。庶幾嘉虞，介福無疆。

南鎮位

維南有山，于彼會稽。作鎮在昔，神則司之。厥有舊典，以祀以時。百味維旨，靈其燕娭。

南海位

維水善下，利物曰功。逶迤百川，誰歟朝宗？蕩蕩大受，於焉會同。膋蕭列陳，以答鴻濛。

南瀆位

四瀆之利，經營中國。南曰大江，險兮天設。維爾有神，隃其廟食。望秩孔時，我心翼翼。

亞、終獻，酌獻

神之游兮，洋洋對越。澹乎容與，肸蠁斯答。乃奏既備，八音攸節。重觴申陳，百禮以洽。

送神曲同迎神

薦徹豆籩，熙事備成。靈兮將歸，羽旄紛紜。飄其逝矣，浮空藹雲。悵然顧瞻，有撫懷心。

中央迎神，《凝安》

天作高山，屹然中峙。經營厥宇，萬億咸遂。火熙土王，爰舉時祀。繩繩宣延，彷彿來止。

初獻盥洗、升降，《同安》

思來感格，肅雍不忘。禮儀既備，濟濟蹌蹌。潔蠲致敬，往薦其芳。交若有承，神兮孔饗。

奠玉幣，《明安》

練日有望，高靈來下。何以告誠？心惟物假。有篚斯實，有賓斯籍。于以奠之，神光燭夜。

中嶽位酌獻，《成安》

與天齊極，伊嵩之高。顯靈效異，神休孔昭。飭我祀事，實俎鸞膋。以侑旨酒，其馨有椒。

中鎮位

禹畫九州，河内曰冀。霍山崇崇，作鎮積勢。我祀如何？百末旨味。承神燕娭，諸神畢至。

亞、終獻，酌獻

禮樂既成，肅容有常。奄留消摇。申畢重觴。仰臚所求，降福滂洋。師象山則，以況皇章。

送神曲同迎神

虡至旦兮，靈亦有喜。蹇欲驤兮，象輿已轙。粥音送兮，靈聿歸矣。長無極兮，錫我以祉。

西方迎神，《凝安》

有岌斯安，有涵斯洽。聿相厥成，允祀是答。爰飭乃奏，乃奏既協。於昭降止，是遵是接。

初獻盥洗、升降，《同安》

靡實不新，靡陳不濯。人之弗蠲，矧敢將酌。載晞之帨，載濡之勺。洗儀告備，陟降時若。

奠玉幣，《明安》

彼林有㢝，彼澤有沈。猗與西望，弗菲弗淫。乃追斯邸，乃幠斯尋。卬禮既卒，是用是歆。

西嶽位酌獻，《成安》

屹削厥方，風雲斯所。陰邑有宫，伷伷俁俁。清酤在尊，靈脅在下。于俎獻兮，則莫我吐。

西鎮位

維吴崇崇，於汧之西。瞻彼有隴，赫赫不迷。克禋于嶽，我酌俶齊。於凡有旅，眂公維躋。

西海位

奄浸坤軸，滋殖其濊。而典斯稽，有陛有壝。弗替時舉，元斝斯酹。胡先於河？實委之會。

西瀆位

自彼崐虚，于以潛流。念兹誕潤，豈俟不猶。在昔中府，暨海聿脩。迄既望止，神保先卣。

亞、終獻

肅肅其乂，既旨既溢。迨其畢酌，偏兹博碩。祀事既遂，不敢斁射。神或醉止，我心斯懌。

送神曲同迎神

乃羞既徹，乃奏及闋。無餕斯俎，式聽致謁。不蹇不蹶，不沸不決。厲魃其祛，永庇有截。

北方迎神，《凝安》

我土綿綿，孰匪疆理。惟時幽都，匪曰隃只。滌哉艮月，朔風其同！曷阻曷深，其亦來降。

初獻盥洗、升降，《同安》

壽宮煇煌，聿修時祀。繽其臨矣，吉蠲以俟。居乎昂昂，行乎遂遂。敬爾攸司，展采錯事。

奠玉幣，《明安》

相予陰威，厥功浩浩。一歲之功，何以爲報？府有珪幣，我其敢私！肅肅孔懷，于以將之。

北嶽位酌獻，《成安》

瞻彼芒芒，曰北之常。既高既厚，乃紀乃綱。薦鬯伊始，靈示孔將。玄服鐵駕，覽此下方。

北鎮位

赫赫作鎮，幽朔之垂。兼福我民，食哉具宜。克配彼岳，有嚴等衰。蠲我灌禮，其敢不祇！

北海位

八裔皆水，此一會同。沄沄天墟，洞蕩洪濛。至哉維坎，不有斯功。所秩伊何？黄流在中。

北瀆位

水星之精，播液發靈。不胥于河，既介以清。翼翼盥薦，椒糈芬馨。載止載留，爰弭翠旌。

亞、終獻

俎豆紛披，金石繁會。侑以貳尊，匪瀆匪怠。我儀既周，我心孔戒。憺兮容與，仿佛如在。

送神曲同迎神

靈既醉飽，禮斯徹兮。靈亦樂康，樂斯闋兮。雲征飆舉，不可尼兮。薦福錫祉，曷有極兮！

《宋史》卷一三六《樂志》，第3195—3201頁

淳祐祭海神十六首

迎神，《延安》

宫一曲　堪輿之間，最鉅惟瀛。包乾括坤，吐日滔星。祀典載新，禮樂孔明。鑒吾嘉賴，來燕來寧。

角一曲　四溟廣矣，八紘是紀。我宅東南，回復萬里。洪濤飆風，安危所倚。祀事特隆，神其戾止。

徵一曲　若稽有唐，克致崇極。祝號既升，爰增祭式。從享于郊，神斯受職。我祀肇新，式祈陰騭。

羽一曲　猗與祀禮，四海會同。靈之來沛，鞭霆馭風。肸蠁仿佛，在位肅雍。佑我烝民，式徼

神功。

升降，《欽安》

靈之來至，垂慶陰陰。靈之已坐，飭茲五音。壇殿聿嚴，陟降孔欽。靈宜安留，鑒我德心。

東海位奠玉幣，《德安》

百川所歸，天地之左。澒洞鴻濛，功高善下。行都攸依，百禄是荷。制幣嘉玉，以侑以妥。

南海位奠玉幣，《瀛安》

祝融之位，貴乎三神。吞納江漢，廣大無垠。長爲委輸，祐我黎民。敬陳明享，允鑒恭勤。

西海位奠玉幣，《潤安》

蒲菖之澤，派引天潢。羲娥出入，浩渺微茫。蓋高斯覆，猶隔封疆。我思六合，肇正吉昌。

北海位奠玉幣，《瀚安》

瀚海重潤，地紀亦歸。吞受百瀆，限制北陲。一視同仁，我心則怡。嘉薦玉幣，神其格思。

捧俎，《豐安》

昭格靈貺，祀典肇升。牲牷告充，雕俎是承。薦虔效物，省德惟馨。靈其有喜，萬宇肅澄。

東海位奠酌獻，《熙安》

滄溟之德，東南具依。熬波出素，國計攸資。石臼却敵，濟我王師。神其享錫，益畀燕綏。

南海位酌獻，《貴安》

南溟浮天，旁通百蠻。風檣迅疾，琛舶來還。民商永賴，坐消寇奸。薦茲嘉觴，弭矣驚瀾。

西海位酌獻，《類安》

積流疏派，被于流沙。布潤施澤，功均邇遐。我秩祀典，四海一家。祇薦令芳，靈其享嘉！

北海位酌獻，《溥安》

倏忽會同，裴回安留。牲肥酒香，晨事聿修。惟德之涼，曷奄九州？帝命是祗，多福自求。

亞、終獻，《饗安》

籩豆有楚，貳觴斯旅。神其醉飽，式燕以序。百靈秘怪，蜿蜒飛舞。錫我祺祥，有永終古。

送神，《成安》

告靈饗矣，錫我嘉祚。乾端坤倪，開豁呈露。玄雲聿收，群龍咸騖。減除凶災，六幕清豫。

《宋史》卷一三六《樂志》，第3201—3203頁

紹興祀大火十二首

降神，《高安》

圜鍾爲宮　五緯相天，各率其職。司禮與視，則維熒惑。至陽之精，届我長嬴。于以求之，祀

事孔明。

黃鍾爲角

有出有藏，伏見靡常。相我國家，鑒觀四方。視罔不正，終然允臧。神其來格，明德馨香。

太簇爲徵

小大率禮，不愆於儀。展采錯事，秩祀孔時。維今之故，閱我數度。修厥典常，神其來顧！

姑洗爲羽

於赫我宋，以火德王。永永丕圖，繄神之相。神之來矣，維其時矣。禮備樂奏，神其知矣。

升殿，《正安》

有儼其容。有潔其衷。屹屹崇壇，伊神與通。神肯降格，嘉神之休。虔恭降登，神乎安留。

熒惑位奠玉幣，《嘉安》

馨香接神，肸蠁恍惚。求神以誠，薦誠以物。有藉斯玉，有篚斯幣。是用薦陳，昭茲精意。

商丘宣明王位奠幣，《嘉安》

熒惑在天，惟火與合。繄神主火，純一不雜。作配熒惑，祀功則然。不腆之幣，于以告虔。

捧俎，《豐安》

火遵其令，無物不長。視此牲牢，務得其養。豢以祀神，有腯其肥。非神之宜，其將曷歸？

熒惑位酌獻，《祐安》

皇念有神，介我戩穀。登時休明，有此美禄。酌言獻之，有飶其香。神兮燕娭，醉此嘉觴。

宣明王位酌獻，《祐安》

誰其祀神？知神嗜好。閼伯祀火，爲神所勞。眷言配食，既與火俱。於樂旨酒，承神嘉虞。

亞、終獻，《文安》

神既貺施，嗜我飲食。申以累獻，以承靈億。神方常羊，咸畢我觴。于再于三，于誠之將。

送神用《理安》

登降上下，奠璧獻斝。音送粥粥，禮無違者。已虞至旦，神其將歸。顧我國家，遺以繁釐。

《宋史》卷一三六《樂志》，第3203—3205頁

出火祀大辰十二首

降神，《高安》

圜鍾爲宮　爗爗我宋，火德所畀。用火紀時，允惟象類。神以類歆，誠繇類至。有感斯通，孚我陽燧。

黄鍾爲角　樂音上達，粤惟出虚。火性炎上，亦生於無。我鏞我磬，我笙我竽。氣同聲應，昭哉合符！

太簇爲徵　火在六氣，獨處其兩。感生維君，繄辰克相。何以驗之？占兹垂象。騰駕蒼虯，欻其來饗。

姑洗爲羽　星入於戌，與火俱詘。火出於辰，與星俱伸。一伸一詘，孰操縱之？利用出入，民咸用之。

升殿，《正安》

屹彼嘉壇，赤伏始届。掞光耀明，洋乎如在。俯仰重離，默與精會。隨我降升，肅聽環珮。

大辰位奠玉幣，《嘉安》

維莫之春，五陽發舒。日之夕矣，三星在隅。奠量匪幣，奠嘉匪玉。明薦孔時，神光下矚。

商丘宣明王奠幣，《嘉安》

二七儲神，與天地并。孰儷厥德？聿惟南正。功楙陶唐，澤流億姓。作配嚴禋，贊列惟稱。

捧俎，《豐安》

有嚴在滌，陳彼牲牢。孔碩其俎，薦此血毛。厥初生民，飲茹則然。以燔以炙，伊誰云先？

大辰位酌獻，《祐安》

孰爲大辰？維北有斗。曾是彗星，斯名孔有。幽縈報功，潔齊敢後。容與嘉觴，式歆旨酒。

宣明王位酌獻，《祐安》

周設司爟，雖列夏官。仍襲孔易，闓端實難。相彼商丘，永懷初造。不腆桂椒，匪以爲報。

亞、終獻，《文安》

潛之伏矣，柞槱既休。有俶其來，榆柳是求。靈駕紛羽，尚其安留。飲我三爵，言言油油。

送神，《理安》

五運惟火，寔宗衆陽。宿壯用明，千載愈光。神保聿歸，安處火房。鬱攸不作，炎圖永昌。

《宋史》卷一三六《樂志》，第3205—3206頁

納火祀大辰十二首

降神，《高安》

圜鍾爲宫　赫赫皇圖，炎炎火德。侈神之賜，奄有方國。粢盛既豐，俎豆有飶。於萬斯年，報

祀無斁。

黄鍾爲角　火星之躔，有燁其光。表于辰位，伏于戌方。時和歲稔，仁顯用藏。告爾萬民，出納有常。

太簇爲徵　季秋之月，律中無射。農事備收，火功告畢。克禋克祀，有嚴有翼。風馬雲車，尚其來格！

姑洗爲羽　明明我后，重祭欽祠。有司肅事，式薦晨儀。禮惟其稱，物惟其時。神之聽之，福禄來爲。

升殿，《正安》

猗與明壇，右平左墄。冕服斯皇，玉珮有節。陟降惟寅，匪徐匪疾。式崇大祀，禮文咸秩。

大辰位奠玉幣，《嘉安》

金行序晚，玉露晨清。齊戒豐潔，肅恭神明。嘉幣惟量，嘉玉惟精。于以奠之，庶幾來聽。

商丘宣明王位奠幣，《嘉安》

恭惟火正，自陶唐氏。邑於商丘，配食辰祀。有功在民，有德在位。敢替典常，惟恭奉幣。

捧俎，《豐安》

萬彙攸成，四方寧謐。工祝致告，普存民力。乃薦斯牲，爲俎孔碩。介以繁祉，式和民則。

大辰位酌獻，《祐安》

庶功備矣，休德昭明。天地釀和，鬱鬯斯清。玉瓚以酌，瑶觴載盈。周流常羊，來燕來寧。

宣明王位酌獻，《祐安》

廣大建祀，式崇其配。馨香在兹，清酒既載。穆穆有暉，洋洋如在。聿懷嘉慶，緊神之賚。

亞、終獻，《文安》

幣玉肅陳，笙簧具舉。桂醑浮觴，瓊羞溢俎。禮有三獻，式和且序。神具醉止，慶流寰宇。

送神，《理安》

神靈降鑒，天地回旋。惟馨薦矣，既醉歆焉。諸宰斯徹，式禮莫愆。隤祉降祥，天子萬年。

《宋史》卷一三六《樂志》，第3207—3208頁

景德祭社稷三首

降神，《静安》

百穀蕃滋，麗乎下土。聿崇明祀，垂之千古。育物惟茂，粒民斯普。報本攸宜，國章咸睹。

奠玉幣酌獻，《嘉安》

於穆大祀，功利相宣。靈壇美報，歷代昭然。介以蕃祉，祚以豐年。土爰稼穡，允協民天。

送神，《静安》

制幣犧齊，正辭無愧。樂以送之，畢其精意。

《宋史》卷一三七《樂志》，第3209—3210頁

景祐祀社稷三首

元脱脱《宋史·樂志》曰：「以林鍾之宫、太簇之角、姑洗之徵、南吕之羽作《寧安之曲》，以祭地祇及太社、太稷，罷舊《靖安之曲》。」①

迎神，《寧安》

五紀之本，百貨何極？道著開闢，惠周動植。國崇美穀，民資力穡。奠獻惟寅，神靈來格。

初獻升降，《正安》

太社、后土、太稷、后稷奠玉幣，并《嘉安》

① 《宋史》卷一二六，第2954頁。

奉俎，《豐安》。同前。

亞、終獻，《文安》

送神，《寧安》

神之來兮，降兹下土。神之去兮，杳無處所。壇壝肅然，瘞幣徹俎。乃粒之功，冠於萬古。

奉俎，《豐安》神州地祇、皇地祇與社稷通用。

禮崇明禋，維馨斯酒。潔粢豐盛，殺時犉牡。齊莊嚴祇，升燎於槱。其報伊何？如山如阜。

《宋史》卷一三七《樂志》，第3210頁

大觀祀社稷九首

迎神，《寧安》

黄鍾二奏　惟土之尊，民食資焉。陰祀昭格，牲牢腥羶。有功于民，告其吉蠲。神之來享，雲車翩翩。

太簇角二奏　惟穀之神，函育無窮。百嘉蕃殖，民依厥功。嚴飭壇壝，威儀肅雍。神之來享，祈于登豐。

姑洗徵二奏　猗歟那歟，生養斯民。家給人足，時底熙純。祗嚴明禋，於薦苾芬。粢盛豐潔，神乃有聞。

南吕羽二奏　籩豆斯陳，三牲告幽。報本之禮，答神之休。來歆芬香，豐登於秋。倉箱千萬，治符成周。

初獻升降，《正安》

崇崇廣壇，嚴恭祀事。威儀孔時，周旋進止。鏘若環佩，誠通于幽。相于農植，邦其咸休。

奠幣，《嘉安》

於嘻陰祀，封土惟崇。于時之吉，歆予鼓鐘。柔静化光，人賴其功。陳茲量幣，百貨是隆。

酌獻，《嘉安》

坤元生物，功利相宣。蠲茲祀事，美報致虔。清酤芬如，靈壇歸然。酌尊奠觴，神其格焉！

亞、終獻，《文安》

薦嘉亶時，洋洋來格。載登茲壇，齊明維敕。神用居歆，順成農穡。其崇若墉，其比如櫛。

送神，《寧安》

尊罍芬香，威儀肅雍。靈心嘉止，洋洋交通。神歸降禧，年斯屢豐。倉箱千萬，慰予三農。

《宋史》卷一三七《樂志》，第3210—3211頁

紹興祀太社太稷十七首

元脱脱《宋史·樂志》曰：「太社、太稷用《寧安》，八成之樂，與歲祀地祇同。」①

迎神用《寧安》

函鍾爲宫　春社用　五祀之本，社稷有嚴。芟柞伊始，夫敢不虔。吉日惟戊，式薦豆籩。神其來格，用介有年。

函鍾爲宫　秋社、臘用　功烈在民，誕受露雨。《良耜》既歌，乃揚帗舞。是奉是尊，厚禮斯舉。相其豐年，多稌多黍。

太簇爲角　是尊是奉，兹率舊章。樂音純繹，薦溢圓方。情文備矣，神其迪嘗！永觀錫羡，多稰穰穰。

① 《宋史》卷一三〇，第 3036 頁。

姑洗爲徵　穀資土養，民賴穀生。功利之博，莫之與京。式嚴祠壇，因物薦誠。禮具樂奏，惟神顧歆。

南吕爲羽　國主社稷，時祀有常。肅若舊典，報本不忘。粢盛豐潔，歌吟青黄。尊神倏來，百物賓將。

盥洗，《正安》

祭重齊肅，神格專精。沃洗于阼，涓潔著誠。清明𢡱矣，熙事備成。以似以續，如坻如京。

升壇，《正安》

神地之道，粒食有先。歲謹祈報，禮嚴豆籩。降登祼薦，罔或不虔。以似以續，宜屢豐年。

太社位奠玉幣，《嘉安》春秋太稷、土正、后稷通用

土發而祭，農祥是祈。籩豆加篚，典禮有彝。惟兹珪幣，用告肅祇。神靈降鑒，錫我繁釐。

太社位奠玉幣，《嘉安》秋臘太稷、土正、后稷通用

赫赫媪神，稼穡是司。方是藉斂，報本攸宜。嘉壇建祀，玉帛陳儀。明靈昭格，以介蕃釐。

還位，《正安》

國主太祀，地道聿神。稷司百穀，利毓惟均。練日新吉，粢盛飶芬。神燕娭矣，福此下民。

捧俎，《豐安》

嘉承天和，黍稷翼翼。默相農功，緊神之德。俎實犧牲，舊章是式。嗣有豐年，我庾維億。

太社位酌獻，《嘉安》春社太稷、土正、后稷通用

封土崇祀，有烈在民。千載不昧，福此人群。洗爵奠斝，有酒其芬。神具醉止，愷樂欣欣。

太社位酌獻，《嘉安》秋社臘太稷、土正、后稷通用

叶氣嘉生，年穀順成。萬億及秭，如坻如京。奉時犉牡，告於神明。歌此《良耜》，於昭

德馨。

亞、終獻，《文安》

風雨時若，自天降康。稼穡滋殖，自神發祥。穀我婦子，豐年穰穰。報本嚴祀，齊明允臧。

徹豆，《娭安》

報本之禮，載于甲令。壝壇昭告，神既來聽。徹彼豆籩，精誠斯罄。實惟豐年，農夫之慶。

送神，《寧安》

乃粒烝民，功昭萬古。國有常祀，薦獻式叙。肅肅雍雍，舊章咸舉。神保聿歸，介我稷黍。

望瘞，《正安》

地載萬物，民資乃功。報本稱祀，太稷攸同。禮樂既備，訖埋愈恭。神其降嘏，時和歲豐。

《宋史》卷一三七《樂志》，第3211—3214頁

熙寧祭風師五首

迎神，《欣安》

飄颻而來，淅瀝而下。爰張其旂，爰整其駕。有豆有登，有兆有壇。弭旌柅軔，降止且安。

升降，《欽安》

盥帨于下，有盤有匜。饋酌于上，有登有彝。服容柔止，進退優止。即事寅恭，神其休止。

奠幣，《容安》

育我嘉生，神惠是仰。載致斯幣，庶幾用享。鼓之舞之，式緊爾神。錫福無疆，佑此下民。

亞、終獻，《雍安》

栗栗壇坫，載是豆觴。醇烈氤氳，普薦芬芳。酌之維宜，獻之維時。民有報侑，靈用安之。

送神，《欣安》

奠獻紛紛，靈心欣欣。超然而返，衆御如雲。其施伊何？多黍多稌。其祥伊何？不愆厥叙。

《宋史》卷一三七《樂志》，第3214—3215頁

大觀祭風師六首

降神，《欣安》

羽旗雲車，飄飄自天。猗歟南箕，歆嘉升烟。牲饒粢盛，俎簋鉶籩。維神戾止，從空泠然。

初獻升降，《欽安》

明昭惟馨，威儀孔時。鏘鏘鳴佩，欽薦牲犧。惟恭惟衹，無愆無違。周旋中禮，肅恭委蛇。

奠幣，《容安》

吹噓于喁，披拂氤氳。衆竅咸作，潛運化鈞。恩大功豐，酬神維恭。嘉贈盈箱，于物有容。

酌獻，《雍安》

犧尊斯陳，清酤盈中。芬芬苾苾，馨香交通。明靈來思，歆我精衷。維千萬祀，品物芃芃。

亞、終獻，《雍安》

清酤洋洋，虔恭注兹。絛鬯敷宣，神用歆之。尊罍静嘉，金奏諧熙。於皇肆祀，休我群黎。

送神，《欣安》

窈冥無窮，肸蠁斯融。來終嘉薦，歸返遥空。惟神之歸，欣安導和。惟神之澤，于彼滂沱。

《宋史》卷一三七《樂志》，第3215頁

卷一二三　宋郊廟歌辭一二三

雨師五首

迎神，《欣安》

神之無象，亦可思索。維雲陰陰，維風莫莫。降止壇宇，來顧芳馨。侑以鼓歌，薦此明誠。

升降，《欽安》

佩玉璆如，黼黻襘如。承神不懈，訖獲嘉虞。聖皇命祀，臣敢弗恭。凡爾在位，翼翼雍雍。

奠幣，《容安》

崇崇壇陛，靈既降止。有嚴執奠，承祀茲始。明靈在天，式顧庶察。澤潤以時，永拂荒札。

酌獻，亞、終獻，《雍安》

寅恭我神，惟上之使。俾成康年，民徯休祉。折俎既登，斟酒既盈。匪薦是專，配以明誠。

送神，《欣安》

牲俎告徹，嘉樂休成。卒事有嚴，燕虞高靈。蕃我民人，育我稷黍。萬有千祀，承神之祜。

《宋史》卷一三七《樂志》，第3216頁

紹興祭風師六首

迎神，《欣安》

夫物絪緼，神氣撓之。誰歟其司？維南之箕。俶哉明庶，我祀維時。我心孔勞，神其下來！

初獻升降、盥洗，《欽安》

神哉沛矣，厥靈載揚。揚靈如何？烈烈皇皇。我其承之，繩繩齊莊。往從鬱人，爰侇斯芳。

奠幣，《容安》

物之流形，甚畏瘥癘。八風平矣，嘉生以遂。絲縷之積，有量斯幣。惟本之報，匪物之貴。

酌獻，《雍安》

我求於神，無臭無聲。神之燕饗，惟時專精。大磬在列，槱燎在庭。侑我桂酒，娭其以聽。

亞、終獻

禮有三祀，儀物視帝。神臨消摇，疇敢跛倚？重觴載申，百味孔旨。神兮樂康，答我以祉。

送神曲同迎神

荃其止乎？褪褪其容。奄横四海，蹇莫之窮。時不驟得，禮焉有終。荃其行乎？餘心𢤱

憢。《宋史》卷一三七《樂志》，第3216—3217頁

雨師雷神七首

迎神，《欣安》

衆萬之托，動之潤之。昭格孔時，維神之依。泠然後先，肆我肯顧。是耶非耶？紛其來下。

初獻盥洗、升降，《欽安》

言言祠宫，爰考我禮。維西有罍，維東有洗。爰潔爰滌，載薦其醴。神在何斯？匪遠具邇。

奠幣，《容安》

霈兮隱兮，蹶其陰威。相我有終，胡寧不知？我幣有陳，我邸斯珪。豈維有陳，于以奠之。

雨師位酌獻，《雍安》

山川出雲，裔裔而縷。載霆載濛，其德乃溥。自古有年，胡然莫祖。無簡我觴，無怠我俎。

雷神位酌獻曲同雨師

瞻彼南山，有虺其出。維蟄之奮，維癘之息。眷焉顧饗，在夏之日。觴豆匪報，皇忍忘德。

亞、終獻曲同初獻

作解之德，形聲一兮。爰展獻侑，酌則三兮。我興有假，云胡有私？下土是冒，庶其遠而。

送神曲同迎神

陰旆載旋，鼓車其鞭。問神安歸？冥然而天。皇有正命，祀事孔蠲。其臨其歸，億萬斯年。

《宋史》卷一三七《樂志》，第3217—3218頁

雍熙享先農六首餘同祈穀

降神，《静安》

先農播種，九穀務滋。靈壇致享，《良耜》陳儀。吉日惟亥，運屬純熙。樂之作矣，神其

格思。

奠玉幣，《敷安》

親耕展祀，明靈來格。九有駿奔，百司庀職。獻奠肅肅，登降翼翼。祈彼豐穰，福流萬國。

奉俎，《豐安》

肅陳《韶》舞，祇薦犧牲。乃逆黄道，以率躬耕。

亞獻，《正安》

祀惟古典，食乃民天。歆兹潔祀，以應祈年。

終獻，《正安》

式陳芳薦，爰致虔誠。神其降鑒，永福黎氓。

送神，《静安》

明禋紺壇，靈風肅然。登歌已闋，神馭將旋。道光帝籍，禮備公田。鑒兹躬稼，永賜豐年。

《宋史》卷一三七《樂志》，第3218—3219頁

明道親享先農十首

迎神，《静安》

稼政之本，民食惟天。《甫田》兆歲，后稷其先。靈壇既祀，黛耜攸虔。乃聖能享，億萬斯年。

皇帝升降，《隆安》

冕服在御，壇壝有儀。陟降左右，天惟顯思。

奠玉幣，《嘉安》

將躬黛耜，先陟靈壇。嘉玉量幣，樂舉禮殫。神既至止，福亦和安。千斯積詠，萬國多歡。

奉俎，《豐安》

將迎景福，乃薦嘉牲。籍于千畝，用此精誠。

皇帝初獻，《禧安》

雲罍已實，玉爵有舟。薦于靈籍，佇乃神休。

飲福，《禧安》

神既至饗，福亦來酬。申錫純嘏，旨酒維柔。思文后稷，貽我來牟。子孫千億，丕荷天休。

退文舞、進武舞，《正安》

羽葆有奕，文武交相。周旋合度，福禄無疆。

亞獻，《正安》

豆籩雖薦，黍稷非馨。惠我豐歲，歆兹至誠。

終獻，《正安》

歆我嘉薦，錫我蕃禧。多黍多稌，如京如坻。

送神，《静安》

獻終豆徹，禮備樂成。祠容肅肅，風馭冥冥。三時務本，一墢躬耕。人祇胥悦，祉福是膺。

《宋史》卷一三七《樂志》，第3219—3220頁

景祐饗先農五首

迎神，《凝安》

在昔神農，首兹播殖。無有污萊，盡爲稼穡。乃粒斯民，實惟帝力。嘉薦令芳，佇瞻來格。

升降，《同安》

居德之厚，厥祀攸陳。土膏初脉，農事先春。鏗然金奏，儼若華紳。陟降于阼，福禄惟神。

奠幣，《明安》

農爲政本，食乃民天。苾芬明祀，藨蓘良田。陳兹量幣，望彼豐年。茂介福祉，來歆吉蠲。

酌獻，《成安》

農祥晨正，平秩東作。倬彼大田，庤乃錢鎛。酒醴盈尊，金璆合樂。期兹萬年，充于六幕。

送神，《凝安》

務嗇之本，恤祀惟馨。神斯至止，降福攸寧。崇兹稼政，合於禮經。俎徹樂闋，邈仰回靈。

《宋史》卷一三七《樂志》，第3220—3221頁

先蠶六首

迎神，《明安》

生民之朔，衣皮而群。惟聖有作，被冒以文。禮樂以成，貴賤以分。欲報之德，金石諧均。

升降，《翊安》

掩抑笙簫，鏗訟金石。神來宴娭，嘉我休德。奉祀之臣，洗心翊翊。錫茲福禧，以惠四國。

奠幣，《娭安》

皇天降物，屢化若神。聖實先識，躬以教民。功被天下，爲萬世文。幣以達志，庶幾徹聞。

酌獻，《美安》

敻哉聖神，成功微妙。乃衮乃裳，以供郊廟。百末旨酒，嘉觴自炤。靈徠宴饗，不嚬以笑。

亞、終獻，《惠安》

神之徠，駕蹌蹌。紫壇熙，燭夜光。會竽瑟，鳴球琅。薦旨酒，雜蘭芳。佑明德，賜百祥。

送神，《祥安》

神之功兮，四海所宗。占五帝兮，莫與比崇。倏往來兮，旌騎容容。恭明祀兮，萬世無窮。

《宋史》卷一三七《樂志》，第3221頁

祭先農

趙鼎臣

迎神，《凝安》之曲姑洗宮

厥初生民，茹毛飲血。神實基之，俾康稼穡。維孟之春，土膏脉起。祇以薦神，神其顧止。

升、降壇，《同安》之曲太簇宮

陟彼壇矣，如或臨之。神斯假斯，載降不遲。有齋其容，有棣其儀。匪躬之瘽，神實在茲。

奠幣，《明安》之曲太簇宫

噫嘻田祖，粒我烝民。匪今斯今，利澤則均。何以事神，惟牲用幣。余忱是將，而寓諸篚。

酌獻，《成安》之曲太簇宫

我稷我黍，自彼中田。爲耒爲耨，神則使然。錫我士民，福既多有。何以娱之，跪薦兹酒。

送神，《凝安》之曲姑洗宫

惟風其馬，翩然來下。惟雲其車，忽兮去余。其來不勤，其去欣欣。畀我豐年，其穡如雲。

《竹隱畸士集》卷一五，景印文淵閣四庫全書，册 1124，第 235 頁

紹興享先農十一首

皇帝入内壝盥洗，《隆安》

大事在祀，齊潔爲先。既盥而升，奉以周旋。下觀而化，無敢不蠲。惟神降格，監厥精虔。

迎神，《静安》

猗歟田祖，粒食之宗。世世仰德，青壇載崇。時惟后稷，躬稼同功。作配并祀，以詔無窮。

神農、后稷位奠幣，《嘉安》

制爲量幣，厚意是將。求之以類，各因其方。于以奠之，精誠允彰。神其享止，惠我無疆。

尚書奉俎，《豐安》

柔毛剛鬣，或剥或烹。爲俎孔碩，登薦厥誠。

酌獻，《禧安》

蠲滌醆斝，巾帨而升。挹彼注茲，酒醴維清。洋洋在上。享于克誠。神其孚佑，以厚民生。

文舞退、武舞進，《正安》

羽毛干戚，張弛則殊。進旅退旅，匪棘匪舒。

亞獻，《正安》

顯相祀事，濟濟鏘鏘。舉斝酌醴，神其允臧。

終獻，《正安》

殽核維旅，酒醴維馨。于再于三，禮則有成。

飲福，《禧安》

幽明位異，施報理同。克恭明神，降福乃豐。我膺受之，來燕來崇。豈伊專享，于彼三農。

徹豆，《歆安》

莫重於祭，非禮不成。籩豆有踐，爾殽既馨。神具醉止，薦以齊明。贊徹孔時，釐事斯成。

送神，《静安》

神之來止，風馭雲翔。神之旋歸，有迎有將。歌以送之，磬筦鏘鏘。何以惠民？豐年穰穰。

《宋史》卷一三七《樂志》，第 3221—3223 頁

親享先農樂歌一首

按，詩題爲筆者所加。

皇帝升壇，登歌作南呂宮《降安》之曲凡升壇、降壇，樂曲并同

陟南降蕤壇應壝南，威大儀應孔蕤時南。步夾舞大中蕤節姑，神夷其蕤格應思南。陟南降蕤壇應壝南，威大儀應孔蕤時南。步夾舞大中蕤節姑，神夷其蕤格應思南。《中興禮書》卷一五九，續修四庫全書，冊 822，第 545 頁

親耕藉田七首

皇帝出大次，《乾安》

勤勞稼穡，必躬必親。爲藉千畝，以教導民。帝出乎震，時惟上春。天顔咫尺，望之如雲。

親耕

元辰既擇，禮備樂成。洪縻在手，祗飾專精。三推一墢，端冕朱紘。靡辭染屨，以示黎氓。

升壇

方壇屹立，陛級而登。玉色下照，臨觀耦耕。萬目咸睹，如日之升。成規成矩，百禄是膺。

公卿耕藉

群公顯相，奉事齋莊。率時農夫，舉耜載揚。播厥百穀，以佑我皇。多黍多稌，丕應農祥。

群官耕藉

畟畟良耜，我田既臧。土膏其動，春日載陽。執事有恪，于此中邦。農夫之慶，棲畝餘糧。

降壇

肇新帝藉，率我農人。三推終畝，祗事咸均。陟降孔時，粲然有文。受天之祜，多稼如雲。

歸大次

教民稼穡，不令而行。進退有度，琚瑀鏘鳴。言還熉幄，禮則告成。帝命率育，明德惟馨。

《宋史》卷一三七《樂志》，第3223—3224頁

卷二四　宋郊廟歌辭二四

紹興祀先農攝事七首

迎神，《凝安》

青陽開動，土膏脉起。口練吉亥，爲農祈祉。典秩增峻，儀物具美。幄光熉黄，庶幾戾止。

初獻升殿，《同安》盥洗同

率職咸莅，禮容睟然。澡身端意，陟降靡愆。神心嘉虞，享兹潔蠲。敷錫純佑，屢登豐年。

奠幣，《明安》

靈斿載臨，見光陳贄。有嚴篚實，式將純意。肸蠁既接，禮行有次。神兮安留，歆我禋祀。

神農位酌獻，《成安》

耒耜之教，帝實開先。致養垂利，古今民天。嘉薦報本，于以祈年。誠格和應，神娭福延。

后稷位酌獻，《成安》

有周膺曆，實起后稷。相時豐功，率由稼穡。振古稱祀，先農并食。阜我昌我，時萬時億。

亞、終獻，《同安》

旨具百味，酌備三疇。貳觴既畢，禮洽意周。庶幾嘉饗，格神之幽。相我穡事，錫以有秋。

送神，《凝安》

熙事成兮，始終潔齊。籩豆徹兮，撙節靡垂。靈有嘉兮，降福孔皆。票然逝兮，我心孔懷。

《宋史》卷一三七《樂志》，第3224—3225頁

祀先蠶六首

迎神，《明安》

功被寰宇，儀蟲之靈。有神司之，以生以成。典禮有初，祀事講明。孔蓋翠旌，降集于庭。

初獻盥洗、升殿，《翊安》降同

靈修戾止，詔以毛血。既盥而帨，尊爵蠲潔。金石諧宛，登降有節。宜顧宜饗，情文不越。

奠幣，《娱安》

化日初長，時當暮春。蠶事方興，惟后惟嬪。絲纊御冬，殘生濟人。敢忘報本，篚幣是陳。

酌獻，《美安》

盛服承祀，出自公桑。衣不羽皮，利及萬方。百味旨酒，有飶其香。神其歆止，洋洋在傍。

亞、終獻，《惠安》

日吉辰良，禮備樂作。精誠内孚，俎豆交錯。升歌清越，侑此三爵。黎民不寒，幽顯同樂。

送神，《祥安》

神之來矣，靈風肅然。云胡不留？歸旐有翩。乃舉舊典，歲以告虔。降福我邦，於萬斯年。

《宋史》卷一三七《樂志》，第 3225—3226 頁

景德蜡祭百神三首

降神，《高安》

百物蕃阜，四方順成。通其八蜡，合乃嘉平。旨酒斯醇，大庖孔盈。萬靈來格，威儀以成。

奠玉幣酌獻，《嘉安》

肅肅靈壇，昭昭上天。潔粢豐盛，以享以虔。百神咸萃，六樂斯縣。介兹景福，期於有年。

送神，《高安》

來顧來享，禮成樂備。靈馭翩翩，雲行雨施。《宋史》卷一三七《樂志》，第3226頁

熙寧蜡祭十三首

東西郊降神，《熙安》

天錫康年，四方順成。乃通蜡祭，索享於明。金石四作，羽旄翠旌。神來宴娭，澤被群生。

升降，《肅安》

惟蜡有祭，報神之功。合聚萬物，來享來宗。承詔攝事，不忘肅雍。靈之格思，福禄來崇。

奠幣，《欽安》

穰穰豐年，繄侯休德。帥承天和，欽象古則。嘉玉量幣，奠容翼翼。靈施曁民，罔有終極。

奉俎，《承安》

禮崇明祀，必先成民。奉牲以告，備腯其均。炮炙芬芬，俎豆莘莘。錫之純嘏，以佑斯人。

酌獻，《懌安》

秩秩禮文，爲壇四方。嘉栗旨酒，百神迪嘗。敷與萬物，既阜既昌。伊樂厥福，傳世無疆。

亞、終獻，《慶安》

禮文備矣，肅肅無譁。金石諧節，圭璧光華。粢以告豐，醴以告嘉。錫茲福祉，以澤幽遐。

送神，《宣安》

靈之來下，擴景乘光。靈之回御，景龍以驤。鑒我休德，降嘏産祥。大田多稼，以惠無疆。

南北方迎神，《簡安》

美若休德，民和歲豐。稼穡雲施，其積如墉。惠我四國，先嗇之功。祭之百種，來享來宗。

升降，《穆安》

皇皇靈德，經緯萬方。承詔攝事，陟降以莊。高冠岌峨，長佩鏘洋。嘉承神貺，令聞不忘。

奠幣，《吉安》

於穆明祀，莫如報功。靈之利澤，惠我無窮。齋以滌志，幣以達衷。撫寧四極，永錫登豐。

酌獻，《禔安》

英英禮文，既備而全。嚴嚴四郊，屹屹紫壇。百末旨酒，其馨若蘭。何以畀民？既壽而安。

亞、終獻，《曼安》

林林生民，含哺而嬉。教之稼穡，實神之爲。圖報厚德，萬祀無期。以假以享，錫我繁禧。

送神，《成安》

嘉薦芳美，靈來宴娭。斿車結雲，若風馬馳。既至而喜，錫我蕃禧。嘉承天貺，曼壽無期。

《宋史》卷一三七《樂志》，第3226—3228頁

大觀蜡祭二首

東郊亞、終獻，《慶安》

震乘春陽，仁司生殖。錫我歲豐，襄我民力。誰其尸之？宗子先嗇。億萬斯年，懷神罔極。

南郊升降，《穆安》

穆如薰風，敷舒文藻。氣蒸消除，豐予黍稻。神之聽之，鍾鼓咸考。於萬斯年，惟皇之報。

《宋史》卷一三七《樂志》，第3228頁

紹興以後蜡祭四十二首

東方百神降神，《熙安》

圜鍾爲宮　玄冥凌厲，歲聿其周。天地閉藏，農且息休。古大蜡禮，伊耆肇修。爰薦飶馨，以

迓飆游。

黄鍾爲角　惟大明尊，實首三辰。功赫庶物，光被廣輪。歲方索饗，咸秩群神。靈斿來下，尸此明禋。

太簇爲徵　三時不害，四方順成。酬功報始，以我齋明。《豳》頌土鼓，樂此嘉平。降祥幅員，惠于函生。

姑洗爲羽　日昱乎晝，容光必照。肹蠁之交，惟人所召。有監在下，視兹升燎。肅若其承，雲駢星曜。

初獻升降，《肅安》

禮儀告具，心儼容莊。工歌屢奏，聲和義章。崇壇陟降，濟濟蹌蹌。靈光共仰，嘉薦芬芳。

大明位奠玉幣，《欽安》

晨曦未融，天宇澄穆。有虔秉誠，將以幣玉。如在左右，罔不祗肅。神兮安留，錫以祉福。

帝神農氏位奠幣曲同大明

農爲政本，食乃民天。神農氏作，民始力田。先嗇之配，禮報則然。有幣將之，維以告虔。

后稷氏位奠幣曲同大明

播種之功，時惟后稷。推以配天，莫匪爾極。崇侑清祀，是爲司嗇。陳幣奠將，永祚王國。

奉俎，《承安》

享以精禋，馨非稷黍。工祝致告，孔碩爲俎。執事駿奔，繩繩具舉。神之嘉虞，介福是與。

大明位酌獻，《擇安》

肇禋備祀，教民美報。時和歲豐，奉醴以告。惟照臨功，等於載燾。酌獻云初，明神所勞。

神農位酌獻曲同大明

惟酒欣欣，惟神冥冥。是顧是享，來燕來寧。耒耜之利，神所肇興。萬世永賴，無斁其承。

后稷位酌獻曲同大明

釋之蒸之，爲酒爲醴。推本所由，於焉洽禮。周邦開基，邰家是啓。獻兹嘉觴，拜下首稽。

亞、終獻，《慶安》

申以貳觴，百味且旨。禮告三終，神具醉止。旌容騎沓，揚光紛委。降福穰穰，被大豐美。

送神，《宣安》

禮樂既成，神保聿歸。言歸何所？地紀天維。豈惟屢豐，嗣歲所祈。億萬斯年，神來燕娭。

西方百神降神，《熙安》

圜鍾爲宫　玄冬肇祀，始于伊耆。歲事聿成，庸答蕃釐。眷言西顧，匪神司之。歸功爾神，翩其下來。

黄鍾爲角　魄生自西，照望太陽。下曁諸神，貺施萬方。節適風雨，富我囷箱。共承嘉祀，惟以迪嘗。

太簇爲徵　神罔小大，奠方兹土。祭列坊庸，禮迨猫虎。有功斯民，祀乃其所。非稷馨香，厥福周溥。

姑洗爲羽　豐年穰穰，美芳職職。籩豆方圓，其儀孔碩。風馬在御，雲車載飭。來顧來饗，維俟休德。

初獻升降，《肅安》

盥獻恭莊，燎烟芬酷。載陟載降，禮容可度。欽惟爾神，上下肅肅。成我稷黍，鑒此牲玉。

夜明位奠玉幣，《欽安》

穆穆太陰，禮嚴姊事。璧玉華光，推以哀對。十二周天，歲乃有終。盡我備物，莫報元功。

神農位奠幣曲同夜明

耒耜肇興，自神農氏。稼穡滋殖，爲農者始。作配明祀，奠以告虔。萬世佃漁，帝功卓然。

后稷位奠幣曲同夜明

明明周祖，惟民之恤。播種爲教，下民乃粒。曾是索饗，而匪先公。萬物難報，阡陌之功。

奉俎，《承安》

時和歲登，物亡疾瘯。實俎問膏，報神福之。匪神之福，曷成且豐？肥腯咸有，惟神之功。

夜明位酌獻，《擇安》

除壇西郊，坎其擊鼓。百靈至止，結璘作主。秬鬯湛淡，玉斝觩觩。是謂嘉德，神其安留。

神農位酌獻曲同夜明

蕩蕩鴻明，稱秩群祀。配以昔帝，式重農事。潔我圭瓚，黄流在中。靈其鑒兹。肸蠁豐融。

后稷位酌獻曲同夜明

歲十二月，祀有常典。祭列司嗇，言反其本。酌彼泰尊，百末蘭生。承神嘉虞，緊此德馨。

亞、終獻，《慶安》

歌磬臚驩，膋蕭激香。飆御奄留，申以貳觴。相與震澹，告靈其醉。庶幾聽之，成我熙事。

送神，《宣安》

禮備樂成，澹然將歸。其留消摇，象輿已轙。偃蹇欲驤，羽毛紛委。忽乘杳冥，遺此福祉。

南方百神迎神，《簡安》

維物之精，散乎太空。維索之饗，合聚而同。乃擊土鼓，于歲之終。格彼幽矣，肸蠁其通。

初獻盥洗、升降，《穆安》

有帨其新，有匜其潔。言念清祀，弗簡弗褻。誠意既交，品物斯列。是用告虔，靡神不説。

奠幣，《吉安》

百室穖杼，衣褐具宜。民以卒歲，神實惠之。言舉祀典，答神之釐。有篚斯陳，振古如兹。

神農位酌獻，《穆安》

肇降生民，有不粒食。維時神農，乃爲先嗇。爾耒爾耨，云誰之因。酌以汙尊，我思古人。

后稷位酌獻，《穆安》

維后之功，配天其大。祀而稷之，萬世如在。黄冠野服，駿奔皇皇。自古有年，神其降康。

亞、終獻，《曼安》

豐年孔多，百禮以洽。匪極神歡，何以昭答？載酌之酒，用申其勤。神具醉止，與物交欣。

送神，《成安》

卒爵樂闋，禮儀告備。神保聿歸，敢以辭致。順成之方，其蜡乃通。自今以始，八方攸同。

北方百神迎神，《簡安》

蕩蕩閶決，氣清泬寥。仿佛象輿，麗于穹霄。蹇其來下，肅然風票。神乎安留，於焉消摇。

初獻盥洗、升降，《穆安》

齊誠揭虔，敬恭祀事。維儼之容，維潔之器。雍雍樂成，肅肅禮備。神其燕娭，錫祉庶類。

奠幣，《吉安》配位同

神宅于幽，眑眑沈沈。至和塞明，考我德音。神聽静嘉，儼乎若臨。幣以薦誠，敢有弗欽？

神農氏位酌獻，《禔安》

先嗇之功，神實稱首。以耜以耒，俶載南畝。列籍皇墳，億世是守。何以爲報？爰潔兹酒。

后稷氏位酌獻，《禔安》

煌煌后稷，實配於天。司嗇作稼，民以有年。匪神之私，歲以醴告。酌彼泰尊，于德之報。

亞、終獻，《曼安》

蘭生百末，申以貳觴。神具醉止，爛其容光。遺我豐年，萬億及秭。俾民驩康，以洽百禮。

送神，《成安》

靈之來兮，虯龍沓沓。下土光景，憑陵閶闔。靈之旋兮，羽衛委蛇。偃蹇高驤，遺此蕃釐。

《宋史》卷一三七《樂志》，第3228—3234頁